Reflective Notes on Travels through Western Europe

西欧思想游记

冯骥才 著

生活·讀書·新知 三联书店
生活書店出版有限公司

图书在版编目（CIP）数据

西欧思想游记 / 冯骥才著. -- 北京 : 生活书店出版有限公司，2014.01
ISBN 978-7-80768-005-5

Ⅰ. ①西… Ⅱ. ①冯… Ⅲ. ①游记-作品集-中国-当代 Ⅳ. ①I267.4

中国版本图书馆 CIP 数据核字 (2013) 第 241999 号

出 版 人　樊希安
责任编辑　刘蓉林
装帧设计　张亚静
责任印制　常宁强
出版发行　**生活書店出版有限公司**
　　　　　(北京市东城区美术馆东街 22 号)
邮　　编　100010
经　　销　新华书店
印　　刷　北京瑞禾彩色印刷有限公司
版　　次　2014 年 1 月北京第 1 版
　　　　　2014 年 1 月北京第 1 次印刷
开　　本　787 毫米 × 1092 毫米 1/32　印张 6.5
字　　数　60 千字　图 95 幅
印　　数　0,001-6,000 册
定　　价　38.00 元
(印装查询：01064052066；邮购查询：01084010542)

书 前 言

料峭今春，两封带着凉气的邮件送到我手上，打开一看，是来自海外有关文化方面演讲的邀请函：一是巴黎的人文基金会，一是英国几所大名鼎鼎的大学。一算时间，演讲中间与前后有不少时间的空白，可供我随心所欲地到处跑跑看看，这可是个好差事！立即唤起我很大的兴致，于是我为自己精心安排了一条穿花串珠般的路线，将许多人文胜迹勾连在一起，还突发奇想，打算将此行的见闻、感知、交谈与思索交错起来，以一种全新的、不拘一格的、一任自然的文本写成一本书。我所设想的这种文本不仅我没写过，也不见别人写过。写作的诱惑是你的想法先叫你自己兴奋起来。

这种写作的最奇妙之处，是边看边想边写，与行程同步。也许是一段思想文字、一节情景抒写、一两句断想、一些值得留住的谈话，都是一时的发现、心得、情怀、感悟与灵性；也带着那些时间与空间的美妙和鲜活。

多么叫人激动的写作试验！

这次我选择的路线是先在巴黎演讲，待上几天，会一会几位久居此地的老友，看博物馆——巴黎的一多半财富在博物馆里；巴黎有五百多个博物馆，上次在巴黎住两个月，使劲看也不过看了二十多个；再有，便是旧地重游，享受一下人生少不了的怀旧情怀；紧跟着向西直奔大西洋，从莫奈故居所在的吉温尼到卡昂、亚眠、里尔，直抵加莱。路上可以一边拜谒古迹，一边到这片“一战”和“二战”期间烧焦过的土地，感受人类那两次包含着大荣大辱的自我浩劫。跟着穿过那条著名的海底隧道去往伦敦；至于在英国行走的路线都会在后边的文字中美妙地出现。这一切仅仅是设想而已，我还没有去呢，到底会幸遇或遭遇到什么全都浑然不知。但愿到那时，我夸赞自己——老冯真算一个能当导游的好材料！可同时我又不放心自己，我的毛病之一在于总是自以为是。

好，就这样，三月二十日这天凌晨一点钟，我登上飞往巴黎的飞机。我从包里掏出 iPad，锁定“飞行模式”，写作就在机舱里开始了。

爱丁堡
利兹
曼城
飞回
车去
伯明翰
斯特拉特福
2013.
3.20-4.16
牛津
剑桥
伦敦
英国
巴斯
巨石阵
坎特伯雷
多佛
西欧之行
路线标示
2013.3
比利时
加莱
英吉利海峡
亚眠
吉维尼
巴黎
法国

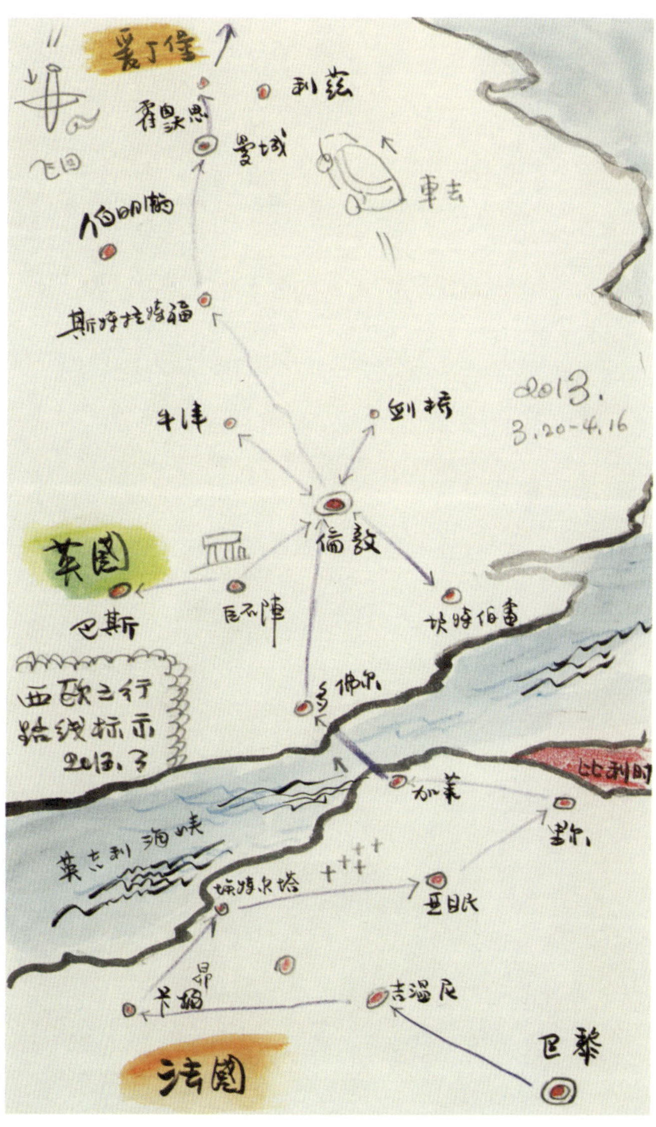

行前画一张路线图

上卷

法国

3月20日－4月1日

目 次

11_ 3月20日 北京 ✈ 巴黎

又一次扎进巴黎的文化腹地。

19_ 3月21日 巴黎

法国人也说，知识分子都跑到哪里去了？

27_ 3月22日 巴黎

我对西方教堂的兴趣是忏悔室。

35_ 3月23日 巴黎

直至今日，我们的学界竟没有一本流失到海外的西域雕塑目录，但成为当代王道士的“专家”却不少。

41_ 3月24日 巴黎

这些年谁把文化推到钱眼儿里去了？

46_ 3月25日 巴黎

西方的教堂仍是精神的，我们的庙宇却在商业化。

52_　3 月 26 日　巴黎—吉温尼—卡昂

卡昂告诉我，精神不一定来自历史的富有，也来自历史的悲剧。

59_　3 月 27 日　卡昂

诺曼底战役能成为人类从此终结战争的一次伟大的支付吗？

66_　3 月 28 日　卡昂—埃特尔塔—亚眠

艺术化平凡为非凡。

71_　3 月 29 日　亚眠

亚眠人用牙医的办法重建自己“二战”后的城市：不拔老牙补新牙。

78_　3 月 30 日　索姆河—里尔

文明的意义是：无论它是强是弱，有它的存在人类才不会绝望。

85_　3 月 31 日　里尔

迎着阳光时，你就把阴影抛在身后了。

90_　4 月 1 日　加莱

一八八四年的加莱市市长是一个真正懂得文化的人。

3 月 20 日 · 北京 ✈ 巴黎

一
春　雪

今天下午忽然天降大雪，舷窗外雪片又大又密，整整一冬也不见如此大的雪；我喜欢有声的大雨和无声的大雪，不多时一些停在停机坪上的飞机全包着厚厚的白雪，像白糖做的。因之起飞延时，花了至少一个小时才用热蒸气融掉了机翼机身上的雪被，否则上了天就会结成可怕的冰壳。这大雪叫我嘀咕起来：今春以来依然盘踞大地上的严寒要来伴我此行？

二
天上的生日

系安全带时有点费劲儿，肚子里还装着老母亲给我包的“送行饺子”。

3 月 20 日
21 日
22 日
23 日
24 日
25 日
26 日
27 日
28 日
29 日
30 日
31 日
4 月 1 日

“送行饺子迎客面”——中国人真懂得生活。外出的人要吃足肉馅大饺子，上路才会有劲儿；而回家的人来一碗顺顺溜溜的热汤面，吃得满头流汗，五体流畅，浑身一松，汗毛眼儿全都张开了，在外边的辛苦劳累即刻都消散了。

母亲今年九十七，依然敏感又清醒。老人全靠精气神，母亲这“精、气、神”三字一字不缺。这胜过我心中的祈祷与祝福。

我对母亲说：“您这饺子既是送行饺子，也是催生饺子。”

母亲笑了。母亲对孩子的生日，往往比孩子自己还在乎。

三月二十日是农历二月初九。今天是我的生日，而且是头一次在飞机上过生日。我说像神仙过生日，因为只有神仙在天上过生日。同行的伙伴向空姐要了两杯红葡萄酒，与我“当”地轻轻碰一下杯，把我这一年一度为生日祝福的碰杯声悦耳地散布在没有人说话的机舱里。

今天正好又是春分。这一天由于太阳不偏不倚直射地球拦腰的赤道上，昼夜时间相等，日月阴阳均分。于是在享受着天地在这一节令里特有的均衡时，我在心中默默为自己唱一段生日歌。

飞机像天上的船，没有气流捣乱时，平稳中有种行驶感。

三 3月20日

生物钟

21日

时差是我每每越洋之行最难对付的对手。因为时差是
生物之钟不可调；而友人说我身体的生物钟是瑞士制造，22日
体内的对手比体外的对手难缠，人对体内的对手往往束手
无策。有人告诉我别看任何钟表，忘了原先的时间；还有 23日
人说他的经验是尽量到处跑，不睡觉，使劲累自己，等到 24日
精疲力竭时再呼呼大睡一天，准能把生物钟打乱，这方法
有点自虐性质，而且这些“高招”对我都没用，我天性的 25日
东西都太顽固。记得上世纪八十年代刘心武告诉我一个更
奇特的法子：在肚脐贴一贴“伤湿止疼膏”包治时差。我 26日
对他笑道，你这是给“伤湿止疼膏”做广告吧！

27日

四

拉丁区 28日

29日

早春的天气特别脆弱，像得了感冒，说热就像发烧一
样烧起来，说冷就冷得发抖。但这次巴黎的早春只发冷不
发烧。至今大地还看不到春天的绿，天上却能见到春天的蓝。30日
如雪的云团在这鲜蓝天空的映衬下又白又亮。北京已经很 31日
多年看不到这种天这种云了。据说其缘故是北京人眼睛全
盯在地面上，顾不上看天、顾天和管天。4月1日

十二年前曾住在这条街上的一所老房子里

这次落脚一家小店，距离上次的住所——法国人文学者公寓只有“一步之遥”，撂下箱子拉着伙伴跑到那条街上怀一怀旧。没想到十几年过去，一切如故。那所犹太学校，那家土耳其烤肉店，还有书店、药店、杂货店、地铁站口、道边的铁栅栏、古色古香的广告亭，甚至那家守在街口的海鲜店和卖中餐的“小香港”饭店，全都依然如故；连小

街上那些老墙老门老窗也还是那样古老斑驳，但好像也不 3月20日
会再老了，永远一百岁或二百岁。熟悉巴黎的人知道，巴
黎的老街每十二年修一次。房主掏钱，政府主营；之所以“整 21日
旧如旧”，是因为政府没拿这种事当政绩，更没拿“破旧立新”
显示政绩，反而当作了“命”——巴黎人拿历史当命根子， 22日
意大利和英国人更是如此。

这座城市不仅风光依旧，更重要的是城市的气质没变。 23日
在那个自古就是情人约会地的圣米歇尔广场，天天仍然聚
着不少年轻人。黑色柏油地上白花花的，都是嚼得没味吐 24日
出来而踩进地面的口香糖，那都是为了见到情人后香甜而
忘情的一吻。一位健壮的琴手头戴厚帽，把一架钢琴搬到 25日
广场中央，即兴而激情地弹奏，着了魔的手指在键盘上飞舞， 26日
旁若无人，却有不少人被他打动而围观四周；连音乐之都
维也纳也看不见这种场面。 27日

法国人的浪漫是敢浪漫。

真正的浪漫是美的挥霍，真正的艺术都是挥霍美。 28日

这一带只有一处发生改变引我注目。临街两三座房屋 29日
的山墙，用深浅两种灰色画了一些树影，宛似阳光照耀上
去的。然而，细心的人会发现此时四边的树光秃秃还没发 30日
芽生叶——原来它是画上去的。 31日

这无意中表达了艺术本质：

艺术是不表现生活中有的，而是表现生活中没有的。 4月1日

圣米歇尔广场上的街头钢琴家

前两天，在电视里看杨振宁与莫言讨论科学与艺术的关系。杨振宁的话很有意思，他说科学家不是幻想，而是猜想。这使我想起陈景润的“哥德巴赫猜想”。为什么是猜？猜一定是这世界原本存在的；而幻想不一定是这世界存在的。于是，我找到科学与艺术本质的区别：

科学是寻找世界里有的，艺术是创造生活里没有的。

记得一九九九年我来巴黎，也住在这种用老房子改建的酒店中。紧靠着卢森堡公园，一座四层小楼，总共只有十几间客房，房间都不大，电梯是后来装上去的，一次只

画在墙上的树影

能上一个人。家具门窗都是“古物”，陈设的瓷器竟是晚清中国的出口瓷。这样的旅店并不老旧，卫生间里的设备相当现代。住在其中可以同时享受传统与现代两种文明。

这次被安排的仍是这种酒店（Relais Hotel du Vieux Paris），既紧靠塞纳河，又身处历史人文浓得化不开的拉丁区的旋涡里，真是很可意！酒店只有五层，从顶层阁楼斜坡的小窗望去，参差错落的全是黑色的铁皮屋顶，淡黄色的墙面，高高低低全是灰色的烟突，我好似在巴尔扎克笔下的那座伏盖公寓里远眺四方。拉丁区绝没有高楼，也很少见新楼，关键是不仅来自世界的游客喜欢这样，巴黎人自己更喜欢这样。他们连莫奈、毕加索或莫泊桑曾经坐在哪个咖啡馆里哪个座位面朝哪个方向喝咖啡都知道。洋洋得意地说这些事的并不是知识分子，而是普普通通的巴黎人。可是，我们北京人知道老舍在哪儿喝茶？上海人知道鲁迅常逛哪个书店吗？没人关心这种“没用”的事，我们的文化病是从来没把文化当回事。

真庆幸三次来巴黎都住在拉丁区。

3 月 21 日·巴黎

3月 20日
21日
22日
23日
24日
25日
26日
27日
28日
29日
30日
31日
4月 1日

一
面包与煎饼

早晨又吃了最爱吃的巴黎面包。巴黎的早点就这一硬一软两种面食：一种是又硬又韧、与嘴较劲的长长的棍面包，一种是又软又酥、与嘴亲和的打圈的牛角面包，就像我家乡天津的芝麻烧饼与煎饼果子。一吃这面包就顾不上血糖偏高，几个面包下去，身体马上有劲，特别想干点活儿。当然，这种面包吃常了，身体里潜在的根性就会发生作用，开始想烧饼与煎饼果子了，跟着来的便是乡情，看来文化中最顽固的还是中国胃，要不唐人街上最多的店面是中国餐馆呢，王蒙称之为“坚硬的稀粥”。然而当下也有些国人动不动来点儿“卡布奇诺”和“星巴克”，其实多数只是在外边装模作样地“咖啡”一下，回家照旧热茶一杯。有人说喝茶吃饭只是习惯而已，此话不错，但是文化对于人，恰恰是一种日久天长自然而然的积淀与牢不可破的习惯，尤其是生活文化。正像海外的韩国人到处找韩国泡菜，土耳其人多半扎在土耳其烤肉店里。

看来最不费劲走出中国的是饮食文化，但这种文化更多还是自给自足地进入了中国胃。

二
艺术家集聚地

安妮约我在巴黎十三区法兰西大道上一家极特殊的饭店，边吃边议即将讲演的话题。这地方处于近年快速“长”出来的新区，著名的法国国家图书馆和法国人文基金会都在这条大道上，一些体积宏大、四四方方、玻璃化的现代建筑彼此相距甚远。安妮用“你肯定喜欢这家饭店，它在一座艺术家集聚的老楼”这样的话，来鼓励我在这种西方现代社区中办事，必须具备一种长途跋涉的精神。

这座饭店确实特别。它原是古代一座巨大的老磨坊与库房——如今白教堂后边蒙马特高地那片出名的画家聚居地的地价飞涨，很多尚未红起来的艺术家便涌入这种废弃不用的老房子里。在现代艺术唱主角的法国，这老房子里里外外一片涂鸦。从地面到屋顶都是率性的、放纵的、各走极端的视觉表达，掺杂一些不伦不类的装置艺术，像乐队演奏前各自在试乐器，只发出自己的声音，完全不管别

十三区的艺术家聚集地

人的声音。我想起一九九九年年底也是在巴黎，当时巴黎市政府邀请五十位世界著名的雕塑家将作品摆在香榭丽舍大街，每件作品都奇大，一直摆到凯旋门，主题是“世纪末”。那天旅法雕塑家王克平约我去看，其中也有他的一组木雕。应该说王克平的作品在那中间是佼佼者，能“跳出来”的。其余绝大部分彼此雷同，都是一堆堆世纪末的破电视、家具、洗衣机、护照、废报刊、照片和摩托汽车，散发着一种对“世纪末”的无奈又颓废的情绪，只是形式上各出奇招而已。记得那次见到高行健，他说他要写一篇文章批评西方美术馆先确定主题再请艺术家阐释和图解，从而扼杀艺术主体精神的倾向。

还记得我说：当代社会有两种强势的力量在扭曲艺术，一是商品，一是媒体。这两种东西都喜新厌旧。艺术家很难从艺术深层里不断出新，只能在形式上或在人们的眼球里边寻奇作怪。当代艺术一边依赖资本的支持并受其操纵，一边正在步入歧途。也许这正是市场化时代艺术的本质之一，只有少数真正具有个性和艺术自信的艺术家能站在它的反面。

进而想起十年前在中挪文学研讨会上我演讲的题目是“文学的自由”。我说：“文革”期间文学的自由被政治捆绑，现在不同了。但文学仍然不是自由的，因为文学受制于买方，受制于市场。当然，自由的文学并不是没有出路，它必须超越市场强大的约束，需要艺术家的心灵比市场更强大。

三

知识分子到哪儿去了？

市场化更深刻的问题是知识分子的消失。

这是我和安妮交谈中都感兴趣的话题。

“你说的是独立的知识分子吗？”

“知识分子一定是独立的，而且是有责任感和使命感的。在我们这儿，我们这一代显然不如‘五四’时期那一代。”

“为什么？被迫的吗？”

“真有时代责任的人不可能被迫放弃责任，是自愿的。市场的力量不是强迫你而是诱惑你。同时，在强大的资本与市场规律面前，个体的知识分子愈来愈微不足道；在实实在在的物质世界里，无形的精神会变得虚幻乃至虚无。因此说市场泯灭知识分子之前，首先泯灭的是思想。因为市场不需要思想。哎，你们法国也是这样吗？”

“一样，完全一样。不仅法国，欧洲全是这样。”

“所以英国人弗兰克写了一本书——《知识分子都跑到哪里去了》。”

四
地上的烟头

我的伙伴比我更注重环境，她发现巴黎第一变化是地上的烟头多起来。法国人吸烟者多：男人十分之五，女人十分之七。自从公共场所禁烟以来，都跑到门外或街上吸烟了，街上没有扔烟头的地方，又不像新加坡那样罚款。吸完烟随手一掷，地上到处是烟头，多数给路人踩瘪踩脏很难看。

法国人过于随便，这是他们浪漫的一部分？但法国人随便扔烟头只是“硬币的一面”，另一面在于管理者。法国像个没人管的国家，没人管则只有靠人人身上的文明。当然任何文明都会有缺点，就像巴黎地上的烟头。

五
小墓地

巴黎新区充斥着工业文明特有的冰冷、概念化、形式主义、乏味的技术性和超人的能力，连一座当代设计师构思的小礼拜堂都是这种味道。墙上开几个洞，表示与大自然交流；十字架后边射出一束金光，说明主的存在。但这苦心营造出来的东西还是与人有距离，它只是装模作样地站在远处等你看，与你毫无关系；远不如礼拜堂后边一块小小的墓地。二〇〇五年新区开辟时，不远处一座穷人集居的楼房失火，烧死四个小孩和三个大人。邻近一所小学的孩子们同情那几个被烧死的穷孩子，建议在这个“离上帝最近地方”的教堂边儿上，建一座纪念性的小墓地，安葬那几个在世上活得艰难无助和不幸的孩子，并亲手绘制了一些图画，有蝴蝶、花朵、马、鹿、小鸟、小孩、心和手印，表达他们心灵的忧伤与爱。一位设计师便把这些稚气又真切的图像，用雕刻与彩色镶嵌的手法，制成三根不大的柱形的艺术石碑，充满温情地立在花园般的小墓地里。在周围一大片水泥构架、玻璃幕墙的写字楼中间，这是唯一让我记住的地方。

社区内一块独特的墓碑

想要震动人心的，一定声色俱厉；那种自然而然深入人心的，总是悄然无声。

六
旅行者须知

什么东西对于旅行者最重要？

有人说地图，有人说睡药或通便的药，忘了会一路不顺快；我的一位老朋友很奇怪，说他必不可少的是挠背的小挠子。他每次出门必带，一次忘带，分外地痒，而且奇痒难忍，又不好去找人抓，最后只能找个有棱有角的门框，待到奇痒发作时将后背使劲往门框上蹭。

看来每个人首先都要对付好自己。

3 月 22 日 · 巴黎

一

从巴黎圣母院的忏悔室想到“文革”

我上次住的拉丁区那条小街，一出街口就能看到巴黎圣母院，屹立在塞纳河的对岸。这次我的住处只是换了一条小街，站在街口见她依然隔岸而立。我与她莫非有缘？

一座建筑像一个人一样，往往不同角度感觉不同。依我看，圣母院正面庄严厚重，背影清峻空灵，好像两个设计师之所为；然而钟声一响，颇为洪亮浑厚，声动塞纳，波卷钟鸣，与正面的气息相一致。

已经多次进入巴黎圣母院，由于对雨果那部同名长篇的迷恋，前几次总想发现与小说的联系，这次教堂内真正令我驻足的却是立在教堂侧面一间间木制的忏悔室。记得我的第一部伤痕文学《铺花的歧路》所写并非那时代的诉苦与鸣冤，不是“文革”的苦难，而是向当时千千万万陷入政治骗局中痛苦又茫然的红卫兵呼吁忏悔。促使我动笔

巴黎圣母院的背影

的是一位悲愤满怀的诗人，当时他的政治诗锐不可当。一次他与我喝酒太多，忽向我哭诉“文革”初期红卫兵运动时他痛打自己老师的事，他悔恨难当，却洗不清自己心灵的污点。那一刻我感到他想自杀，担心他自杀。他自我的悔恨不已深深触动了我。尽管我是红卫兵运动的受害者，并险些被逼疯了，但此时我反而希望给这些被引入歧途的天真的年轻人以理解，呼吁他们用忏悔清洗心灵。可是这之后“伤痕文学运动”很快就过去了。我们对“文革”并没有做更深入的理性的反思，没有自我的拷问，没有人性上的觉醒，便一头扎进市场里。等到我在《一百个人的十年》中，刻意设置了几间像巴黎圣母院这样的忏悔室，呼喊了半天，却没一个人走进去。上上下下都想从“文革”绕过去，或把“文革”盖起来，都想装得干干净净。如果我们每个人，包括“文革”，能从这忏悔室走出来，社会就干净多了。所以我在《灵性》中写过：

真正纯洁的灵魂从忏悔开始。

但可惜我们没这么做。于是，没有肃清的“文革”制造的“人性恶”，在今天充斥利益博弈的市场化的社会里双倍地发酵了。所以，我还写过一篇文章，叫做《文革已进入我们的血液中》。

忏悔是人性的复苏，也是“文革”后社会进步的历史

3月 20日 21日 22日 23日 24日 25日 26日 27日 28日 29日 30日 31日 4月 1日

圣母院内的一间忏悔室

良机，但被我们错过了。历史的机遇一旦错过，十倍的力量也无从挽回。

二
在巴黎的演讲

在巴黎的法国人文基金会的演讲，是我此行的重中之重。我一九九九年在柏林伯尔基金会演讲的题目是“中国文化遗产的困境”；这次演讲的题目是“中国文化遗产的困境与文化界的应对”。这次多了两个字“应对”，是因为近十年我们已有了初步的文化自觉，并把这自觉付诸行动。此次演讲想对西方学者阐述当代中国文化界的遗产观、文化的自觉与使命感，以及十年来付出的努力及其方法，还有当前面临的问题。

我相信，这是首次向西方学者做有关中国文化界既是学术的又是现实的介绍。

我所演讲的重点是：

1. 中国社会“急转弯式”的转型与文化遗产遭遇的特殊性和紧迫性；

2. 十年来中国文化界的应对、方法与成果；

3. 初步形成的文化遗产保护体系；

4. 文化遗产面临的新问题；

5. 为什么传统村落保护是今后十年的关键。

在演讲后的交流阶段，来自法国科学院、文化部门、一些大学的相关专家对我国文化遗产不仅十分关切，其切入的问题也相当关键。比如，我们正在启动的传统村落名录的评定是否会带来旅游开发性的破坏？

这也正是我深感忧虑之处。我们可能出现的问题也被他们看到了。

我在结束演讲时说：前天在北京将上飞机的时候，上海译文出版社来电要我为即将出版的美国人迈克尔·麦尔

演讲

的《再会，老北京》写几句话。我当即写道：

面对无比强势、金钱至上的时代潮流冲击得七零八落的老北京，我们常常会无奈地说："再会，老北京！"可是如果一个外国人也这样说，除去因为他对老北京爱之太深太切，还含着一种谴责。谴责我们对文化的粗暴、功利和无知。但他有权利这么说，因为老北京是全人类共同拥有的财富！

因此感谢你们的意见与支持。

演讲中间我还说道：

我与巴黎有种神秘的缘分。巴黎是给我文化启示最多的城市之一。也许我本身是作家，我所主持的中国民间文化遗产抢救就是直接受到法国的三位作家巴尔扎克、梅里美和马尔罗的影响。特别是马尔罗，他在做法国文化部长时开展的“文化普查”直接给我以启示；我努力推动的中国 “文化遗产日”的设立也来自法国。十年前我从巴黎回国，那年六十岁，我们启动了为期十年的非遗普查。十年过去，这次从巴黎回去，我七十岁，又要开始全国传统村落的调查与保护……怎么？你们不信我七十岁了？我也不信。我常常忘记自己的年龄。

忘记年龄的人才会永远年轻。

3 月 23 日 · 巴黎

吉美博物馆的西域神女

吉美博物馆对我有一种特殊吸引力，那是因为在中国尚没有自我文化保护的年代，这个博物馆就开始动手大规模收藏中国的古文物了。最令我关注的是，从十九世纪末到二十世纪初西方探险家在新疆丝路遗址与甘肃敦煌莫高窟一带的考古发掘之所获，尤其是伯希和由敦煌搬到法国的佛教艺术品，大部分放在这里，我想看明白究竟都有什么。

我知道一九〇〇年八月——这位年轻、博学又干练的法国汉学家钻进敦煌藏经洞，将堆满这神秘洞窟的唐宋遗书彻底翻阅一遍，从中挑选出经卷遗书六千余卷和唐宋绘画二百多轴，拿回到法国后分别放在法国国家图书馆和吉美博物馆里。为了抢救这批无比珍贵的历史文献，我国那一代的学者跑到法国用极其艰苦的手抄方式，将这些遗书“备份”回来，这是中国文化史上第一次真正意义上的“文

在吉美博物馆的中国唐代天王像前

化抢救”。然而那一批学者全是文字学者，对伯希和与斯坦因从丝路到敦煌搞到手的艺术品所知寥寥。

等到一九四一年后通晓艺术的张大千、常书鸿等人参与了敦煌的抢救，重点放在国内，主要是敦煌石窟里边，对于已经搬到海外的中古遗存，从未有人做过全面又科学的了解、统计与研究。法国和英国的学者们倒是出版了一些相关的研究成果。

前两次来巴黎时，不巧都赶上吉美博物馆内部维修。这次得知博物馆正常开门，我便迎门进去。使我震惊的是吉美博物馆关于中国古物的收藏不亚于卢浮宫和大英博物馆。单说石造像，从北魏、北齐到宋元，非但代不空缺，而且中国所有名山名窟的造像都应有尽有，如天龙山、巩县、云冈、龙门、麦积山、大足等。一尊近两米高青石雕造的盛唐的《天王立像》在国内绝见不到。而伯希和从丝路与敦煌搬来的绢画与雕塑更是超一流的杰作。特别是那些由新疆龟兹石窟揭取的壁画，以及在塔克拉玛干沙漠周边丝路发掘的雕塑，应是我们古代雕塑收藏与研究的空白。

从雕塑史上说，佛教造像是首要的题材与内容。由印度经丝路进入我国中土的佛教造像，经历了外来文化一步

巴黎赛努奇私人博物馆以收藏中国文物而驰名，此藏品《杂技彩陶罐》明显来自近年中国的走私

3月 20日
21日
22日
23日
24日
25日
26日
27日
28日
29日
30日
31日
4月 1日

步中国化的过程，鲜明地体现了中华文化的包容性与同化力。印度佛教本无偶像，佛教造像源自亚历山大东征时滞留在印度的擅长雕塑的希腊人。最早的佛像具有鲜明的希腊特征，随后是希腊艺术的印度化。一种外来文化如能在本地立足和生根，一定要被本地的文化同化。在佛教东渐的过程中也是这样，它由新疆通过丝路进入中原，不断被当地文化融化，文化只有被融化才能被吸收。这过程出现三种样式：先是被新疆本土文化融化形成的西域模式，进而是在进入阳关后被西北各少数民族本土文化与来自中原的文化“夹击”下形成的敦煌样式，再者便是进入中原后被彻底汉化的中原样式。龟兹石窟是西域样式的代表，莫高窟是敦煌样式的代表，龙门石窟是中原文化的代表。我们对敦煌样式和中原样式的造像雕塑研究较为充分，但对西域模式基本没有研究，因为大批经典性实物都被搬到海外。比如吉美博物馆所藏一尊神女的头像，造型之美不亚于维纳斯。宁静清雅的面孔中带着新疆一些民族特有的气质与神韵；佛天的纯净使其超凡绝俗，美到极致。但这些雕塑在我国不仅从无人研究，国人也从未见过。我为她惊叹，称她为——西域神女。

这批伯希和搬到吉美博物馆的西域雕塑，与另一批斯坦因搬到大英博物馆的西域雕塑，是我们敦煌学界研究视野之外的空白。一百年来，为什么没有一位学者跑到西方进行研究？缺少的是经费还是学术眼光抑或文化情怀？当

西域神女

年刘半农、姜亮夫千里迢迢跑到西方博物馆以面包充饥来抄写流失的敦煌遗书，但今天我们的学界连一册藏于海外的西域雕塑的目录都没有。我们的学术精神与文化精神难道不是在退化吗？

站在吉美博物馆里，隔着玻璃面对着这些搬不回去的中华瑰宝，我真是惭愧万分。我们真是愧对历史，有负我们的文化。

3 月 24 日 · 巴黎

3 月 20 日
21 日
22 日
23 日
24 日
25 日
26 日
27 日
28 日
29 日
30 日
31 日
4 月 1 日

一
如今多少王道士?

一百年来的敦煌史上，一个小丑式的人物是王道士。

他传奇般地发现了敦煌藏经洞，但他并不懂得洞内惊天宝藏的价值，只知道能卖钱。英国人斯坦因和法国人伯希和弄走的那些无价无估的海量华夏宝藏，只是花了不多的几个“小钱”。为此一个世纪里，王道士挨尽臭骂，骂他拿文化卖钱。当然也有人为他辩解，说他是为了修理荒废已久的敦煌洞窟，也为了建造道观而筹资，他的问题是一个乡野的穷道士对文化的无知。但人们仍然不能原谅他，能说因无知而卖掉国宝就可以饶恕吗?

历史从来都是在种种悔之莫及中过去的，今人能做的只有记住前人的教训，不再做拿文化换钱的王道士。

可是，历史往往没有记性，有时甚至会变本加厉。近些年在海外的博物馆和古董店常常可以看到大批的古陶、

王道士（1849—1931）原名元录，俗称王道士，敦煌藏经洞发现者

石佛、汉砖、唐俑、宋瓷、典籍文玩以及数不清的民间珍奇，都是走私出去的。前二十年在山西随处可见的华美而大气的朱漆描金的衣柜，如今在国内已近绝迹，而香港市场则充斥着各式各样经历数百年的时光磨砺出的沉雄凝重的藏柜。前两年我应邀去香港书展演讲，抓些空闲跑到香港的老街——荷里活街上逛逛，那里是香港出名的古玩街，各种高档的古董店鳞次栉比。不去则已，一去惊得失色。我说“失色”，是因为一位同行者忽问我：“你怎么脸色都变了？”

摆在这些古董店里的古物水平之高、数量之巨，真是匪夷所思，而且以出土文物为主，一看便知这是缘自近年大规模房地产开发，还有疯狂盗墓之所获。比如汉唐彩陶，特别是各种陶俑，如女俑、文官俑、胡人俑，以及陶马、镇墓兽等，不单品相好、体量大、器物完整，有的称得上绝品，在陕西省和西安市博物馆里也没见过。一尊巨大的宋代木雕菩萨和一件一米多长的彩陶舞马，精美绝伦，令人惊叹，但如此大型又易碎的对象怎么能顺利通关又确保运输中完好无损？

于是我在香港书展的演讲中讲了我这次在荷里活街的感受。我说：“看来从盗墓到走私出关有一条畅通的、与政府部门的腐败相关的管道。我要设法与有关部门联系，尽快切断这种通道。我听古董店的伙计说，购买者基本是欧洲人和日本人，中国人很少。我希望香港的有识之士能够出资把这些稀世之珍留下来，我们的好东西已经不多了。昨天我就买了三件彩绘唐俑，非常精美，准备拿回去放在我学院的博物馆里。但我个人力量有限，抵抗不了盗墓和走私的人多势大。”说到这里，我心里一动，禁不住说，“如今的王道士怎么这么多？”

大家笑了。是呵，过去是人家老外钻进藏经洞掏东西，现在是我们钻进墓穴把东西挖出来送到人家老外手里。今天的王道士比昨天的王道士还王道士。过去的王道士弄钱修洞窟，今天的王道士们呢？

而且，今天的王道士并不全都出于无知。记得前几年一位在西北研究少数民族艺术的女学者，说西藏阿里那边有一种民俗画相当古老，意蕴极深，文化价值很高，她把一些画的照片给我看。我看是明代以前所画，确实极为珍罕。但她说叫一位长期在那一带活动的外国人买走了。

蒋孝琬（？—1922），光绪年间在新疆莎车衙门任师爷。曾做斯坦因助手，在敦煌从王道士那里骗取了大量珍贵的藏经洞文献与佛画

给老外通风报信和做中介的是一位大学教授，这位教授当然捞到不少好处。

如今的王道士已是“专家级”了。这使我想起当年帮助不通中文的斯坦因与王道士讨价还价，甚至为斯坦因在藏经洞中精选遗书的那个瘦高又精明的中国文人蒋孝琬——这类人的存在让我们的文化更无望了。可是，这些年究竟谁把文化推到钱眼儿里去了？

文化产业化？这是个将我们的文化“送命”的口号。

二
鸡 蛋

今天在巴黎以收藏中国和亚洲文物著称的赛努奇私人博物馆中，面对着令人惊愕的布满一间间展厅的走私文物，正在气愤之中，忽然有人发一条手机短信给我，曰：

鸡蛋，

从外部打破的是食物，从内部打破的是生命。人生亦是，从外部打破的是压力，从内部打破的是重生。

我立即给他回了条短信：

> 鸡蛋，
> 把它从外部打破，是人想吃煎蛋，
> 叫它从内部打破，是人想吃烧鸡，
> 没法逃出人的欲望。

3 月 25 日 · 巴黎

一

春寒中的法国人

我站在塞纳河边的冷风里，脸颊冻得居然有点发疼，耳朵里却听着伦敦的朋友在手机中描述着那边的奇冷，并说这是半个世纪来英国最冷的春天，其实根本还看不到春天，已冻死五千人了；我的下一站就去那里，我仍不相信英国会用可以冻死人的寒冷迎候我。春天到达人间从来都是艰难的，最初总是遇到一道冰墙死死挡在前面，而隔墙的那边，一准是柔和的春之绿，但此时此刻我们看不见也感受不到。不知在哪一天它忽然坍塌——你见过松花江和黄河坚冰崩溃时惊天动地的凌汛吗？随后春天就在我们的面前神奇地出现了。

法国人今年流行瘦腿裤，这种裤子更像两条细细的套筒，紧巴巴套在他们本来又细又长的腿上。女孩子下边多穿长筒靴，上边一件半长外套，一条长长的单色围巾

今年的巴黎标志

在脖子上绕来绕去，最后一团堵在领口上。她们从来对自己的长脖子十分爱惜。法兰西人种的脸正面窄侧面宽，迎面看秀气的一双小眼深陷在高高的鼻梁两边，嘴唇不厚，下巴尖尖。她们崇尚自然美，不刻意修饰，衣服的颜色讲究谐调，很少穿花。如今这个时尚之都的名牌大多被四方游客买光——尤其是被口袋塞着大把欧元的中国人买走。她们喜欢把包斜挎身上，包放在胸前。她们说这样安全——这是我所看到的法国女孩唯一不是为美而是实用的生活方式。自从法国左派当政，治安不好，没学会斜挎包又好带现金的中国游客常常是盗贼猎取的目标。中国游客到巴黎只去几个景点外加老佛爷。老佛爷是超大的时尚名牌卖场，每天都迎来阔绰的中国买家，却很少见法国人进进出出。我问法国朋友作何感想。他们说：你们买我们的东西当然好呀，但法国最好的东西并不在老佛爷。

这话很中肯。我想，谁懂得这句话谁就懂得了法国人。

二

“把海河建成塞纳河”

十多年前中国城市的造城高潮充满豪言壮语。我的城市——天津，把一个口号叫得山响：把海河建成塞纳河！

初听这个口号吓一大跳，我真怕把海河“搞”得不伦不类。我曾写了一篇近万字的意见书递交给城市的相关领导，同时，还口头申诉我的理由。我说天津是一个华洋并存的城市。由于它特殊的地理位置，在一八六〇年以来，成为西方列强进入中国、威胁朝廷的必经之地。中西文化在这个原本是北方码头的城市里激烈冲突又相互融合，这一城市特质在仅仅五公里的海河两岸，或者说坐在海河船上就能看得一清二楚。西方人是从东向西进入天津的，五公里的海河明显可分成三段。由解放桥（即万国桥，在租界入口处）一带到劝业场地区，洋人势大，建筑形态是外来的；从劝业场地区到东南城角是华洋杂处之地，显示两种历史势力及文化的交错与冲突；从东南城角到三岔河口基本是天津本土社会与文化的形态，天后宫、大胡同和老城全挤在这儿。

从这一条河所贯穿的城市形态就可以看到近百年西方人强行进入东方的历史。这种遗存与历史特征难道不是海河独有的吗？

记得我在市里一次官方的会上毫不客气地说，把海河变成塞纳河是愚蠢的，也是妄想。塞纳河有卢浮宫、巴黎圣母院、埃菲尔铁塔和凯旋门四件人类文化遗产，我们也照样建吗？复制人家的历史也是我们的荣耀？我们能把自己独有的海河整理好就不错了。

这次会议后，这个荒谬无知的口号不见了。但海河上多了两件洋货：一是把塞纳河上最华丽的巴洛克风格的亚历山大三世桥复制一个，放在海河上；一是把伦敦眼也复制一个放在海河的一座桥上，自称为“天津眼”。

今天，我站在亚历山大三世桥上真是尴尬至极，感觉我的家乡有点像个“小偷”。

3月 20日 21日 22日 23日 24日 25日 26日 27日 28日 29日 30日 31日 4月 1日

三

西方的教堂是精神的，我们的庙宇在商业化

久闻日耳曼大街相当古老，街旁有一堆生满野草的红砖的废墟，乃是古罗马遗址，据说里边还有罗马人的浴池。一些咖啡馆曾经是莫泊桑、毕加索和印象派画家经常光顾的地方。他们所坐的椅子是原物，摆放在原先的地方；一座斑驳的石头造的教堂是巴黎最早的教堂，已有近千年的历史，但我从未进去过，这次经过必须进去看个明白。

教堂的穹顶不高，哥特式的石头建筑，历史过程太长，每个时代都留下痕迹，比方罗马式券洞、古典主义的木雕神龛、巴洛克式的壁画，叫你感到时间在这空间里一直赖着不走；教堂残破，伤痕累累，光线昏暗，到处是阴影，但我喜欢这里边时间久远和沉静无声的气息。我发现教堂给信徒准备的蜡烛很便宜，有块小纸片上写着“自取”，价钱一欧元一只。不像我们的庙宇，只要香火一盛，香烛价钱翻番，就开始宰客了。

记得一次会议上我说，一个宗教现象令我们深思：

西方的教堂全是纯精神的，我们的庙宇大都商业化了，甚至有的庙宇还要搞文化产业。佛爷要钱，谁还信它?

四

规划什么

抓住好天气在巴黎转来转去，去感受它规划的宏大。我在埃菲尔铁塔上领略过巴黎规划的大手笔。中国北京，还有一些古城和古村，其原始的规划布局也都曾想着它的永久。面对未来才会有大手笔。

现代中国城市无“手笔”可言。每一届官员都急于在任期内建立惹人注目的政绩，那就一定要抛开前任重新规划，以开天辟地，另立“伟业”。城市成了官员们彼此没有延续性的政绩的堆积场，这便是中国城市造城的本质。

协和广场上

3月 20日
21日
22日
23日
24日
25日
26日
27日
28日
29日
30日
31日
4月 1日

3 月 26 日
巴黎—吉温尼—卡昂

一
与莫奈无缘

今天离开巴黎，依照计划开始向法国西北部长途跋涉，第一站便是心仪已久的吉温尼。这里有莫奈的住所、画室与花园，他的众多的令人心醉的风景名作如《睡莲池》、《日本桥》、《鸢尾花》和《玫瑰小径》等所画的都是这里。为了今天来造访吉温尼，我前天在巴黎还特意去了一趟奥塞博物馆，先看看莫奈笔下他的花园。

这次的收获是对他笔触的认识。他的笔触灵动、细碎而含混，从不做任何强调，然而丰富的层次与色彩的结构相当清晰，画面富于空间感和纵深感。我站在画前良久，也找不到他是怎么建立这种层次和结构的。这叫我想起晚年的黄宾虹那些混混沌沌、深深浅浅的墨色所表现的山山水水。我能在吉温尼的景物里找寻到答案吗？

吉温尼是个很小的村子，车子转来转去才找到莫奈故

《睡莲池》莫奈　1903 年　62cm × 106cm

3月20日　21日　22日　23日　24日　25日　26日　27日　28日　29日　30日　31日　4月1日

居的院墙。下车一问，故居内部正在修缮，不开门。那一瞬，我的心真凉了。我懊恼地说：“我和莫奈故居没缘！”

十年前我曾专程由巴黎跑来一次，那次是十月底，时间晚了，旅游期已过，正在闭门修整；这次时间早了，旅游期未到，正在关门筹备。我吃了莫奈先生两次闭门羹，真有点不甘心，我个子高，探头隔墙望进去，地上无花，树木无叶，但那座漆成绿色的虹桥，前后纵横的树木劲秀的枝条，叫人想象出夏日里花木葱茏时的丰盈与深郁；一池湖水没有成片的睡莲和厚厚的浮萍，却闪耀着明媚的光影。我能想象到夏日这里迷人的景象，但莫奈先生只是让我用想象来自我安慰一下吗？

吉温尼莫奈故居花园的池塘

当然，我还是另有发现——这里的色彩。上次深秋来，各地的景色几乎全是金黄夺目或万紫千红，这里的树丛却色调温和，隐隐约约还透出一种灰紫灰蓝，中和着斑驳却不张扬的秋色。我被这奇特的色彩迷住，一连拍了不少照片，把当时的色彩感觉记在相机里，当然也记在心里了。

这次是早春，没有树丛，道边的一些灌木荆条却有着十分少见的颜色，有的暗红，有的灰绿，有的深黄；我从没见过别的什么地方的景物经过一冬的风雪还会有这么丰富的色彩，相互谐调又彼此交融。我想，莫奈当年选中这块奇异之地住下来，肯定感觉到这片土地会不竭地给他灵感。艺术家最重要的是感觉，艺术最重要的也是感觉。所以他自一八八三年安居这里之后，就不断画出直到今天还令人倾倒的画作；直到一九二六年在这里辞世，他在这里住了四十三年。

我想找个小店喝点什么，坐一坐，想一想，但当地人说，莫奈的家没开门，各种小店也都不开门。我只好悄悄走开，别再惊动他们。

好在我没白来一趟，虽然并没有走进莫奈的故居。

二
一到卡昂就感受到“二战”

我来卡昂就为了感受欧洲“二战”的历史。

以前“二战”给我的感受都是来自它的负面，比如在奥地利的毛特豪森集中营、波兰的迈丹尼克集中营和奥斯威辛集中营，我看尽人类的悲剧与人性的残酷。所以在俄罗斯访问时我向主人提出要看卫国战争纪念馆，还有这次专程来看诺曼底地区——这个具有转折和决定意义的“二战”战场，都是为了寻找和感受人性被压抑和正义一旦爆发时的强大。我想从中找到信心。

卡昂是古城，也是新城。这座首府距离英吉利海峡仅仅十几公里，命中注定是诺曼底战役首当其冲之地。整座城市在战役中化为废墟，今天的卡昂几乎是“二战”后重

战后的卡昂

建的。它的地标建筑之一圣米歇尔教堂建于十六世纪，也在一九四四年被炸，教堂长长的尖顶被拦腰炸断。我在教堂里看到一张当时的照片，展现了连同教堂在内的整个城区如同陷入地狱的景象。我围着教堂转了一圈，里里外外看看，累累伤口，处处疤痕。欧洲人对任何有见证意义的伤痕都不会修复。那座曾遭到重创的达沃尔城堡上数不尽的炮洞枪眼是昨日那场恶战抹不掉的见证。我问当地人这教堂是谁炸的，盟军还是德军？盟军不是不炸教堂吗？

其实欧洲人全是不炸教堂的，但战争打疯了，炮火失去了选择，很多战士是死于自己的炸弹下的。卡昂唯一幸存的教堂是圣艾蒂安教堂，它建造于更早的十一世纪，是一座十分美丽的哥特式教堂。在残酷的攻防拉锯战中，这座人造的天堂曾是不少百姓的避难所。我在教堂里看到两张当时的黑白照片：一是战后在一片瓦砾中奇迹般孤独地

卡昂的城雕《凤凰涅槃》

3月 20日

21日

22日

23日

24日

25日

26日

27日

28日

29日

30日

31日

4月 1日

兀立着的教堂剪影，一是战时大批逃难者在教堂地上活尸一般躺着睡觉的情景。

战争中，灭绝对方是当然的真理。战争愈残酷，这个战争专用的真理就愈是真理。在卡昂能够看到的历史全是“二战”的残羹剩饭，而卡昂正是在这可怕的历史残骸上重建出它的今天。由诺曼底战役到今天已经六十年，处处还看到建筑工地，它似乎仍在重建之中。因此，我在它一九五七年重建的全新的卡昂三一大学校门前，望着那座并不雄伟的铜雕“凤凰涅槃”——一只满身中箭并在烈火中烧焦却依旧腾空而起的神鸟，心中对这座城市涌出很强的敬意。

我哀痛它惨烈的遭遇，敬畏它不死就一定重生的精神。

一个看不到历史精神的城市是空洞的，精神不一定来自历史的富有，也来自历史的悲剧。

3 月 27 日 · 卡昂

一

从奥斯威辛走到诺曼底

从卡昂的诺曼底战役和平纪念馆走出来，我心里有句话：世界上有两个历史博物馆应该连起来看，前一个是波兰的奥斯威辛集中营，后一个是法国纪念诺曼底战争的和平纪念馆。前一个是邪恶统治下的世界，后一个是人类正义的反攻。

奥斯威辛集中营博物馆建在原址上，但在“建”字上没有半点添加。当年纳粹从欧洲各地押解来的成千上万平民、犹太人、抵抗者与战俘的列车停靠的车站，荒草中成排的牢房，令人发指的“杀人工厂”，一切如旧，没有渲染，只有实景实物才能证明历史。除去大批大批由死囚手里和身上夺下的假发、假肢和孩子的布娃娃与玩具，还有三个细节令我刻骨铭记，至今难忘。

一是纳粹强迫成批的囚犯集体脱光衣服后进入的一大

3 月 20 日
21 日
22 日
23 日
24 日
25 日
26 日
27 日
28 日
29 日
30 日
31 日
4 月 1 日

奥斯威辛集中营（1940—1945），位于波兰南部，占地四十平方公里，号称“死亡工厂”，约三百万人在这里被纳粹杀害，此为大门

间“浴室”。这间浴室的天花板上有许多光秃秃的水管的管口，说是用来放洗澡水的，实际是放毒气，将囚犯无声地杀掉，然后将尸体运进一排排黑色卡车一般大的焚尸炉中烧掉。

这管口已经锈烂，但含着杀气，令我胆寒。

二是集中营一间间四四方方牢房的墙上写满各种文字，都是囚徒们最后的遗言。那些离地只有一米来高的字，是孩子们写的。这使我想起那本令人心碎的《安娜·弗兰克日记》里边的话。忽然，我从墙上发现一些白道道，好似用什么尖利的器物乱画上去的。博物馆的工作人员告诉我，这是一个绝望的女人内心疯狂时尖尖的指甲留下的抓痕。

我马上想起肖洛霍夫在小说《一个人的遭遇里》中的那句话："它像一个柔软而尖利的爪子抓住我的心。"

三是一张照片。照片上一个全裸而十分美丽的女子斜卧在雪地上，她死了，眼睛却没有闭上，空洞地向前望着，望着人类的良知。

面对法西斯暴行，我相信天理不容。

但是，人的问题只有人自己解决。天理要人自己来阐明。

于是，发生了诺曼底战役和斯大林格勒战役——这是二十世纪中期人类走出这场空前悲剧的伟大历史转折。

和平纪念馆远看像一块横卧在大地上城墙般灰黄色的碑石，平整异常，没有装饰。中间裂开一个黑色的巨缝，像是炸开的。从这裂缝可以走进六十年前惨烈的时空里。

死在雪地里的一个女孩，谁也不知她是谁

3月20日 21日 22日 23日 24日 25日 26日 27日 28日 29日 30日 31日 4月1日

诺曼底战争和平纪念馆的大门

大厅墙上写着一行大字：

向那些为人类的自由与和平而牺牲的战士致敬。

且不说纪念馆极其丰富的实物细节、珍贵的照片、文献与影像，也不说它如何确切地将诺曼底登陆的全过程清晰地再现出来，一部只有二十分钟的短电影比任何票房数亿数十亿美元的大片都令我心灵震撼。

这部影片没用任何虚构，没有解说，也没有配乐；全部是诺曼底战役中交战双方战地记者实况拍摄的影像。银幕一分为二，左边是盟军，右边是德军，一攻一守，分别展开，同步进行。交战双方从准备、行动、攻防，到登陆与阻击、冲锋与堵截、炮战与空战、中弹与死难、胜利与撤退、伤员与俘虏、烈火与硝烟、瓦砾与废墟，一起冲入眼睛。快速而短暂的蒙太奇与战场上剧烈而真实的射击、轰炸、车履、嘶喊的声音搅在一起，从头到尾便是诺曼底登陆并最终告捷的全过程。

影片结尾时，银幕上这两个画面渐渐从中分开，中间

诺曼底战役发起之日的明信片

插入一连串的画面是平静而漫长的诺曼底海滩，伴随着忧伤又沉郁的音乐。层层潮汐冲刷的海滩向前无尽地伸展，然后是一片又一片草原上一排排整齐、雪白和十字架形状的墓碑。这画面、这音乐一直在我心里。我坐在车里，那密密的一排排墓碑又跑到车窗外，这正是至今完好地保存着的诺曼底战场与一片片烈士墓地。我想——

诺曼底战役盟军总共出动近三百万兵力，牺牲了十二万人！这些年轻的生命最终是为解放奥斯威辛牺牲的。

如果这样人类就能洗去了自己的罪过，永不再来，这场战争才是一次真正值得的伟大的生命支付。

二

非遗行动

昨晚接到国内短信，文化部启动中国木版年画申请“世遗”项目。时间紧迫，十天内备好三种材料，送交联合国教科文组织。材料包括：一、申遗文本；二、代表作图片十幅；三、十分钟介绍性电视短片。我已经习惯以快速决断和积极行动来完成工作的必需了。当即安排请向云驹、潘鲁生和赵屹来做文本，他们是最具水准与专业要求的专家。图片由我选，我已要求工作室通过网络从速发来图片目录。电视片请中央台导演张子扬帮忙制作，我来写脚本。

这便使我夜不能寐，清晨七时爬起来一口气两小时把脚本的初稿写出来，并立即发给国内。

三
短　句

冬日凋零的树把隐藏其中的鸟巢一个个暴露出来，春天的绿叶又将所有鸟巢一点点掩盖起来，直到无法发现，只有鸟的叫声。

3月20日
21日
22日
23日
24日
25日
26日
27日
28日
29日
30日
31日
4月1日

3 月 28 日
卡昂—埃特尔塔—亚眠

一
亚眠的雪

从卡昂到亚眠，加重了眼前风景与我心中的荒凉感的是春寒。没人能赶走春寒，只是站在恍如冬日冻脸的冷风里巴望着和煦的春的到来。

一早又降雪。许多背阴的墙角、凹地和草坡还积着很厚的雪，据称那是三十年来少见的雪；幸好空气清洁，又白又厚的雪像抹在地上的大块大块的奶油。不像北京，落雪时就是灰黄色的“土加雪”，我们已经失去了儿时记忆里降雪给人们带来的快乐。

听说这两天北京更冷。科学家预警的“地球变暖”已经没人忧虑，反而是“地球变冷”令人不知所措。带着明星范儿的科学家们在电视上的夸夸其谈不见了，地球根本不听他们说什么，已经变得失控和未卜，进入更年期。其实它还年轻，是人的贪婪和全球化令它忽然衰竭起来。

诺曼底风光

3月 20日
21日
22日
23日
24日
25日
26日
27日
28日
29日
30日
31日
4月 1日

比昨晚冷了许多的房间使我不到六时就醒来，心里不放心年画申遗的电视脚本，又改了一遍。

二

象鼻山

十年前在吉温尼的莫奈故居吃了闭门羹，心不死，便跑到卢昂去看莫奈画的大教堂，又到翁弗勒尔去看莫奈画的木教堂；这次又吃了闭门羹，仍不死心，来到埃特尔塔看莫奈画的象鼻山。莫奈画象鼻山是在一八八三年，这一年他刚定居吉温尼。

象鼻山

埃特尔塔就守在大西洋边，海边的岩石似刀削，少草木，石质易风化，风吹浪浸，经年累月，苍老嶙峋；奇怪的是这里的海滩堆满鹅卵石，据说大仲马和莫泊桑特别钟爱这里的海滩。鹅卵石虽然很坚硬，却多带着挺深的洞眼，我猜多半是因为此处鹅卵石构成的石质中有一部分较软，被潮汐洞浸了。我拾了几个拿回去放在案上，可以用来插笔，还会睹物惹情，想起这里的象鼻山。

一座小山直伸向大海，可能是爱海情切，伸到了极致，还不够劲儿，就把一个象鼻子似的石柱插入海水。这里是莫泊桑的故乡。莫泊桑也说过这山“好似一头大象把鼻子插进水中”；这便是象鼻山的来历。

艺术家任凭想象，不管它的缘由。

地质学家的解释是，这原本是一座完整的山，现在这个看似伸出来的象鼻子与山渐渐离开，是漫长岁月里海水冲刷成的。桂林漓江边不也有这样一座象鼻山吗?

我相信科学家的话。可是任何事物说明白了，便失去了它的神秘与神奇。

面对象鼻山，我想——这个天生尤物、世上奇观，反倒不好作画。艺术是化平凡为非凡的。几朵普普通通的向日葵，可以成为举世的杰作；奇花异卉反难入画。这是因为独特的事物没有普遍性，难以惹起共鸣。为此，莫奈为埃特尔塔画的《日落》没有成为他的名作，反倒是象鼻山由于曾成为莫奈作画的“模特”而增光添彩，愈来愈有旅

3月20日　21日　22日　23日　24日　25日　26日　27日　28日　29日　30日　31日　4月1日

游价值。我不大喜欢埃特尔塔过度的旅游色彩，花花绿绿的纪念品店挤成一团团。可能是当年诺曼底战役把这里所有的历史积累扫荡一尽，除去象鼻山再没有多少属于自己独有的东西，就像我们城市的历史大多被自己抛弃，如今已没有多少资源供游客消费，出路只有造假。

“二战”留给法国西北部的文化创伤，对我们是不是另有启示呢？

3 月 29 日 · 亚眠

一

儒勒 · 凡尔纳故居

同样经历的人往往命运不同：幸运与不幸。

亚眠比卡昂幸运一点儿，哪一点儿幸运？亚眠有儒勒 · 凡尔纳；昨天有，今天还在。没人能告诉我凡尔纳的故居及大量家什是怎么躲过德军和盟军在这里的狂轰乱炸。

一座相当不错的临街的带塔楼的三层楼房，是儒勒 · 凡尔纳晚年的住所。作家的座椅、桌案、摆设、衣物、文具、手稿，全都如生前一样放在老地方。谁也没权利改换位置。记得我对国内一些地方为旅游“打造”名人故居时说过：故居不是布置出来的。

我的意思是，不能叫人感觉出它是“布置出来的”。最成功的故居是让人感到主人出门办事去了，一会儿会回来。

令我好奇的是，生活在如此常人般的环境里，凡尔纳是怎样写出那些天上地下、惊险奇妙和匪夷所思的故事？

凡尔纳故居内

记得三十年前翻译家王汶把她从俄文转译的凡尔纳的名作《气球上的五星期》送给我，我看后问她："凡尔纳做过船员吗？"

她笑道："即使做船员也没到过地心。"她是指凡尔纳的另一本书《地心游记》。

这个话题涉及作家凭什么写作，或者什么是作家的才气。

是想象，创造性的想象。所以契诃夫说："小说是想出来的。"

其实散文也是“想”出来的。

有人说更重要的是生活。生活当然重要，但生活只是作家的立足之地。不管你有多丰富和深广的生活，还是有限的，还是在你个人的圈子里。只有想象是无限的。写作的想象不是一般的胡思乱想，是创造性的想象，或者说想象的本身就是创造。

凡尔纳在这房子里生活了八年，总共写了四十四部作品。现在还保留他一万两千部藏书。然而，他在三楼上的那间极狭小的书房看上去更像一个小小的储藏室，书桌塞在一角，夹在小床和窗子中间。世界最不需要空间的是作家。音乐家至少需要有地方摆下钢琴，画家需要有地方摆下画案。可是我也看过最小的画室，在北京方庄吴冠中的家，只有一张单人床大小的画案，大约七十公分高——吴冠中个子矮，他的画

凡尔纳的小说

案不能太高。张大千个子矮就是站在一个为自己特制的小木台上作画。吴冠中这画案周围的墙上全是他作画时用笔甩上去的墨点彩点，再无他物。而作家所需的空间干脆就是自己的脑袋，不管多么恢宏的场面、无穷的情景、千姿百态的人物都在这空间里明灭与纵横。上帝创造人，作家创造人物，作家在做上帝做的事。上帝的空间是世界，作家的世界在自己脑袋里。我又想起《哈姆雷特》那句台词：

即使把我放在火柴盒里，我也是无限空间的主宰者。

对于一个真正的作家来说，写作是一件神圣的事。

所以，他要听任自己，不准旁人强加。

二
皮卡第艺术博物馆

儒勒·凡尔纳对自己家乡的另一个贡献是创建了一个博物馆。

博物馆是把历史的精华聚集起来，供人们共享，为后人永享。

所有博物馆的创建初衷都是纯精神的、理想化的、精神至上的、无功利的，这也是我在欧洲特别爱去博物馆的缘故。

我从皮卡第的古代西方宗教石雕——比如神龛券洞的

形制、异兽和有翼天使上边，又一次找到与东方的联系。这到底缘自中古时代丝路的相互传播，还是人类精神的共同性？我把这个忽然想到的“兴趣点”和“研究点”输入我的大脑而非电脑中。

三

天堂也是幸运儿

六十年前诺曼底倾城的大轰炸中，是谁把这座巨型的精美绝伦的亚眠圣母大教堂藏了起来，藏在了哪里，事后

亚眠大教堂

3月 20日
21日
22日
23日
24日
25日
26日
27日
28日
29日
30日
31日
4月 1日

竟完美无缺地摆在了原地?

虽说欧洲人交战不炸教堂——就像卡昂的圣艾蒂安;但亚眠的圣母大教堂太精致、太娇贵、太易碎,里面各处的雕塑杰作胜过一座宗教艺术博物馆,比如那个举世闻名的雕像“美丽上帝”,它何以毫发未损?

从正面看,我恍惚觉得这座圣母教堂像是从塞纳河边搬来的,它与巴黎圣母院太像了。但我更喜欢亚眠这座圣母大教堂。不仅因为它比巴黎圣母院大上一倍,它尖形的拱门里的石雕太精太美,它残存的壁画太珍贵,它那个用上千棵巨橡雕成的唱诗坛是人类木雕的绝品,上边四千宗教故事人物个个神采非凡,都是无法复制的。我更喜欢它极致地发挥了哥特式建筑的峻美与峭拢,那些密集的数十米石柱上笔直的长线和冲向穹顶的尖状结构,使我一仰头,心就升了起来;有种令人倾心的崇高感,俗世之想陡然不存。

我是无神论者。我对西方宗教远不如对佛教更了解。但老实说,我在中国庙宇中很少生发这种崇高感。原先,中国的庙宇都在山林深处,远离尘嚣,被视为精神净土,当代却纷纷陷入世俗,甚至被荒唐地“产业化”;不断重修的庙宇涂红抹绿,勾金描银,取媚游人,看似公园,却只比公园多了一项磕头烧香。然而,西方教堂至今仍被奉为人间的天堂。

从又窄又长又高的彩色玻璃窗射入的阳光,正灿烂地投射在一组巴洛克的圣像上，顿现一种神奇的美和神秘的景象，我用相机悄悄将它拍摄下来。当相机发出轻轻的快门声，我不由自主地感到不安，因为这个“天堂”实在太安静了。

四
不拔老牙

“二战”重建时，亚眠人把劫后残存的老楼当作上帝留给他们的珍宝。他们告诉我，他们的方式像牙医：不拔老牙补新牙，还要新牙像老牙。

3月 20日
21日
22日
23日
24日
25日
26日
27日
28日
29日
30日
31日
4月 1日

3 月 30 日·索姆河—里尔

一

人类开始发明机器屠杀自己

从亚眠到里尔所经过的另一个昔日的战场——索姆河战役遗址，是我计划中要看的。在同一个地方，先后经历过两次世界大战，尤其是一九一六年第一次世界大战，是人类历史上最残酷的杀戮，交战双方共死伤一百三十万，却没有胜负。两次大战的战场竟然鬼使神差地在这里相互重叠，交战一方又都是德国人。它注定是几十万德国男儿的葬身之地?

当然我首先还是要看这里的博物馆。它在庇卡底地区的阿尼塞。这个名为“索姆河防空洞博物馆”的地方十分特别，从一个门前摆着两门火炮的小门洞进去，沿着一条长长的阶梯一直走下去，便会发现整座博物馆像是在几条被加盖封闭的战壕里。一钻进这“战壕”便像进入时光隧道，重返一百年前那场恶战的真实中。战壕两边堆积的沙袋都是原先的遗物，用手摸上去硬邦邦，似乎已经石化了。

索姆河战役的伤员

战壕泥土里还有昔时的炮弹壳、罐头罐、怀表、徽章、刺刀、烟袋、眼镜、饭盒、酒壶、望远镜、杯子、绷带、靴子、书本、《圣经》、军服、钢盔等，历经百年，全都破了烂了锈了朽了碎了。它们的主人多数早已战死，被掩埋于大地之下，已被遗忘。墙上挂着的照片与图表，柜里的文献和相关文物，阐述着那场战争的背景、攻防计划、时间与兵力，以及从头到尾的无法改变的全过程。用实物与蜡像呈现出来的一个个具体的战争场景，再现着历史。西方这种博物馆是一种具象的历史档案；不渲染更不煽情，走到这博物馆的最后，便是一条空空的战壕，只有石块、沙袋和铁网，以及用音响播放的震耳的炮声——这声音是当时战场的录音，也是一种遗产；墙上地下潮乎乎渗着水，为了使人感受到战争的真实，因为现代的博物馆观念之一是身临其境。

盘踞在索姆河有利地形的是德军，攻方是协约国的英法联军。正式进攻是一九一六年七月一日，第一天就有六万英军阵亡，从而拉开这场人类屈指可数的最残酷的战争的序幕。战争一直进行到欧洲多雨的十一月，沼地遍布的战场布满泥泞，双方在胶着与无奈中熄灭炮火。德军伤亡五十三万人，英法联军伤亡七十九万人。没有绝对的胜利者。那么为何而战?

在这场战争中最具风头的是两种武器：德国的MGO8式马克沁重机枪,使成千上万英法士兵成为战地的野鬼孤魂;再有便是英国人发明和制造的十八辆坦克首次登上战场，发挥了巨大的震慑力和威力。当时有人说这些武器的出现可以结束和制止战争，但更残酷的战争恰恰从这里开始，它将人类带入重型机械化杀伤武器的新时代，促使重装备武器的蓬勃发展，直接导致“二战”更大的杀伤力与残酷性。

这是武器的负面，还是人性的负面使然?

怎么去重新理解古人那句“兵器乃凶器，圣人不得已而用之”?

一九一六年“一战”期间的索姆河战役，英军首次使用的坦克是十八辆，到了一九四二年“二战”战场上横冲直撞的铁甲坦克竟达到数十万辆。日本开到战场的坦克为五千三百辆，德国超过一万辆。人类没有从这些新武器的

残酷中吸取教训，反倒从中看到了它的制胜作用，看到了 3月20日
军火工业的商机。正像“二战”中美国人在广岛和长崎投
下的那两颗原子弹，看似结束了“二战”，实际上激发了 21日
世界的核竞赛。尽管所有人都看到这种武器竞赛的终极是
人类的自我灭亡，却谁也不可能停下来，停了便是先灭亡。 22日
人类是否进入了一种自我毁灭的怪圈不能自拔？ 23日

诺曼底到索姆河真是一片灾难的土地。它留下的满目
疮痍至今历历在目。从一九一六年到一九四〇年虽然仅有 24日
二十多年的间隔，人类应该记取的教训何在？为此，我时
时会感到文明的脆弱与悲哀。单纯面对文明时，我们会感 25日
到文明的巨大价值，它的神圣与强大；但在索姆河这片辽
阔又悲哀的土地上，却连它的影儿也看不到。人类最终会 26日
这样轻易地抛开与泯灭自己的文明吗？

然而，我又时时提醒自己别忘了人性的弱点与谬误。 27日
人性有贪婪有私欲——即有恶的一面，就要警惕恶的发作。

我写过： 28日

历史有些顽疾会发作，必须不断吃药才能制止。 29日

文明不管是强是弱，有它的存在才不会绝望。因而我 30日
每每看到发动“二战”的德国人低下头甚至跪下来深致悔意， 31日
就会对他们生出一点尊敬。所以我欣赏一句话：跪下来的
德国人比站着的日本人高大。 4月1日

二

子弹开信刀

在广阔的索姆河战场的遗址上，至今仍不断有战争的遗物出土。在博物馆的纪念品店里居然还可以买到一些出土物品，比如钢盔、布军帽、奖牌、刺刀、单筒望远镜、子弹和炮弹壳、折叠饭盒、眼罩与《圣经》等。其中一把小小的铜质开信刀吸引了我。刀柄是一颗子弹，子弹头上切开一个小口子，插入一个用铜片制成的刀面，上刻一双花朵；显然这是一个手巧的士兵在战争的空闲里自制的，用来裁开家信。它流露着这位不知名也不知国度的士兵对家人、对生活、对和平的期待。在那个“烽火连三月，家书抵万金”的年代，这小小的开信刀传递出那恶魔似的时代上百万士兵心中的渴望。这小刀感动了我，我把它买下，带了回来，放在我的书桌上。

在索姆河战役遗址出土的一把裁信用的小刀

三

枪洞的小花

从博物馆出来，拐向一条小道，一边是坡，细看是高高的石墙，披着土和草，上生杂木。忽发现石墙中间有些方形的洞，多已坍塌或被泥土掩埋，这肯定是一个防御工事，洞口就是枪口。一向重视历史的法国人没有把它作为无用的东西拆除，却用它见证历史。这时，我的眼睛一亮，看见一个枪口生出几朵小花，金黄鲜美，迎着阳光，婆娑开放。它能永远这样封堵枪洞、制止战争吗？我想到这块土地曾被上百万人的鲜血浇溉过，这些小花正是这些浸透鲜血的土壤滋育出来的，所以它异样地美，异常地亮。

枪洞的小花

四

黑 衣 人

清晨站在阳台上，看到一个人，从街道西边走来。天冷，他穿着厚厚的黑衣，黑毛线帽拉得很低，几乎遮住眼睛。他走过路口一个绿色垃圾桶前，扭头看前后无人，掀开桶盖，翻了翻里边的垃圾，抻出一个灰色的塑料袋，然后迅速穿过马路，把塑料袋放在一辆停在路边的红色汽车旁，只身走了。跟着车门忽然从里边打开，伸出一只手把袋子拿进车里，车子突然启动，飞速开走，原来早有人在这里接应。

罪恶随时随地发生，世界永远会这样。

3 月 31 日 · 里尔

一

翻译家王汶

昨天从儒勒·凡尔纳故居回来又想起《气球上的五星期》的译者王汶。她一生从事俄文翻译，由于天性真率，偏好科普读物和科幻文学，译过俄国作家伊林的许多书；她的译笔流畅生动，干净透亮，如她本人。她是上一代译者，如今鲜有人知道她。历史的记忆力本来就十分有限，何况人们通常认为译者非原创，故而翻译家从不进入文学史。这是一种无法纠正的偏见。任何文学史都不要翻译家，但任何文学史都离不开翻译家。倘若无人做翻译，人类的阅读只能在自己有限的母语世界里转来转去。

为此，音乐与绘画就比文学传播得广，它们可以绕过语言，直接诉诸于听觉和视觉；而凭靠语言的文学只有信由翻译了，有赖于翻译对原作的悟解，还要在两种语言上都有较高水平。我同意一种说法：一个作家如果不是用英语、法语和瑞典语写作，他在文字上愈讲究就与诺贝尔奖离得愈远，除非他碰上一位翻译天才。

四年前我在我的学院举办一个关于文学翻译的学术活动，将林琴南以来一百年间苏俄文学通过查良铮、巴金、汝龙、戈宝权、草婴、丽尼、蓝英年、高莽、戴聪的译本进入中国的历史，以三千种不同时代的版本展示出来。我称这些天才而不可或缺的翻译家为中俄之间“心灵的桥梁”。可惜这仍不能扭转人们的偏见。我曾突发奇想，干脆全球的翻译家全罢工不干了，看文学怎么办！

二

另一幅《日出的印象》

里尔吸引我来的一个重要原因是它的美术馆。这个号称全法仅次于卢浮宫的美术馆会带给我什么？

尽管众多世界美术天空的巨星都在这座宫邸般巨大的建筑空间里闪耀，如多纳泰罗、库尔贝、卢梭、马蒂斯、梵高等；其中仅巴洛克大师鲁本斯的巨型作品就有八幅。但给我留下深刻印象的却是莫奈的另一幅《日出的印象》，我说“另一幅”，是因为莫奈曾经多次画过以伦敦议会大厦日出景象为题材的《日出的印象》；其中，最有代表性的一幅挂在巴黎的奥塞博物馆中，前两天在巴黎我又到奥塞着意看过一次；我把里尔美术馆中的《日出的印象》与

里尔美术馆内莫奈的《日出的印象》

这幅做比较，发现有趣的是两幅《日出的印象》一般大小，都是 81cm × 92cm，都画于一九〇四年。显然是一连画了两幅，但哪幅在前哪幅在后？里尔这幅天上的阳光与水中的反光都偏黄，远处建筑物的剪影清晰，笔触略有一些强调；奥塞那幅颜色偏暖，丰富而灿然，景物朦胧，笔触含蓄，情景反而深邃。依我看，里尔这幅《日出的印象》应画在先，巴黎奥塞那幅在后。这一先一后却证实了绘画史上不少划时代作品都经过步步深化、不断探求的过程。

3月 20日
21日
22日
23日
24日
25日
26日
27日
28日
29日
30日
31日
4月 1日

美术馆内一景

三

窗外的墓地

住进里尔的酒店隔窗一望，树丛里各样的墓碑高高矮矮，竟是一片墓地。我没有吃惊，这缘于十年前奥地利的萨尔茨堡州政府约我为他们写一本游记时的经历——

萨尔茨堡是莫扎特的故乡，我去看莫扎特家人的墓地时，忽见墓地前边就是一座住宅楼，所有窗户都朝着墓地。两个男人正坐在这座楼三楼的阳台上高高兴兴地饮水歇凉，面对眼前的墓地如同花园，没有任何不适。后来才知道西方对死亡的态度与中国人不同。中国人认为人死了要下地狱，到阴间，很丧气；西方人认为人死后要上天堂。所以中国人把坟地修到荒郊野外，西方人把墓地建在教堂边——距离上帝最近的地方。

入乡随俗，我没有要求酒店换房，但还是不习惯往窗外多望几眼。文化一旦进入心理，进入本能的层面，便是不可逆的，所以说最深刻的文化是文化心理。

四

面向阳光

从戴高乐先生故居出来感受到今天的阳光很足，忽有春回大地之感，但一阵冷风吹来又把这感觉刮跑。

你迎着阳光时，就把阴影抛在身后了；你面对阴影时，便背弃了本来属于你的阳光。

人生不管遇到什么，都应该永远面向阳光。

4 月 1 日 · 加莱

《加莱义民》与加莱的市长

这次从巴黎到伦敦没有乘飞机，而决定到加莱去搭乘穿越海底隧道的火车，除去想感受一下《海底两万里》的感觉，还有一个强烈的意愿是为了去看罗丹的名作《加莱义民》。这件一八八四年应加莱市长之邀为其城市创作的作品，是罗丹唯一放在城市广场上的原作；只有来到加莱才能感知它真正的意义和现场的效应。

今年欧洲的春寒真有点像索姆河战役，春攻冬守，你攻上来我打回去，有时真有重返寒冬之感。但来到市政府大楼前的里希尔广场，已经忘了天气，完全置身在一种庄严神圣的气氛里。这并非来自市政府大楼出色的古典美，而是楼前广场中间这一组具有异常沉重感的青铜人物。它们并不比真人大多少，但有一种强大的张力覆盖广场甚至更广阔的空间。加莱人全都知道他们是谁。虽然事过数百年，但加莱人相信这几个人还在他们中间。

3月 20日 21日 22日 23日 24日 25日 26日

市政府前罗丹的原作《加莱义民》

十四世纪中期英法战争中，法国小小的边城加莱市在被英军团团围困中顽强抵抗十一个月，终于弹尽粮绝，面临英军屠城。市民决定投降；但英王爱德华三世接纳投降的条件苛刻而狠毒，且带着侮辱性，他要城中六个有身份的人光头赤足，颈套绳索，拿着城门钥匙去见他，并接受他的处死，否则他要屠城。这种注定要献出生命的事有人会站出来承担吗？有，一个个加莱人站了出来，甘愿一死，来保护全城老小的生命。他们就像英雄战士那样走出城门，到英军营地赴死。至于结局，有一种浪漫主义的说法：他们舍命救人的行为感动了爱德华三世

27日 28日 29日 30日 31日 4月1日

的妻子；王后求情，让他们免遭杀害。加莱一城人的生命因此保住了。

到了一八八四年，事情过去了三百年，加莱政府决定制作一座忠魂碑立在市政府前广场的中央，这想法即刻得到市民响应，纷纷捐款，由加莱市长出面去巴黎邀请大雕塑家罗丹来做。罗丹答应了，他肯定被这段永不褪色的历史感动了。就这样，一件雕塑史上伟大的作品诞生了。

我围着这组铜雕转了好几圈，盯住每一个人物的神情、手势、姿态。中间年长、身穿长袍、名字叫做欧斯达治的人物似乎是这一组铜雕的重心。这虽不是英雄就义，却表现出一个甘心为一城人付出生命的普通又非凡的人超常的沉静与镇定；他身边那个手执城门钥匙的中年人神情坦然，誓死如归；他与欧斯达治共同构成这组雕像精神的重心；其他几个人物，有的悲愤，有的痛苦，有的矛盾，合在一起才是这一组特定人物此刻特定的心态与精神。他们一步步走向死亡，我注意到他们的脚沉重地陷在泥土里，腿上隆起的肌肉体现着步伐的坚实有力。罗丹是古典现实主义以来最后一位伟大的雕塑大师，然而他已经开始从米开朗琪罗的纯粹的解剖学里走出来，在肌体的线条与结构中注入更多精神性、写意性、主观性的表达。罗丹的《加莱义民》的成功，是他没有将这组人物夸张地表达成为英雄就义，而是真实地描述了一群非凡的凡人——他们的人性，他们的精神。

《加莱义民》局部

据说这件作品剪彩时，罗丹从巴黎赶来，但没人看见他。他藏身人群中，为了听到人们的议论。

当时有人对加莱市的这种做法有不同看法。有人认为，这是几位投降者，不足立像；也有人则认为，在任何时候，舍己为人都是一种伟大的精神。

如今，每年都有千千万万人来到加莱看罗丹的《加莱义民》，站在一旁与之合影留念，从而记住加莱，也记住加莱这座城市的精神。

从中我想，一八八四年那位加莱市长真是懂得什么是自己城市的文化与精神，他没有把城市精神编成一种空洞的口号，而是化为一种永恒而感人的艺术，叫人一望而知，知而难忘。他还让我明白，真正的艺术家应该为自己的城市和土地做些什么。

下卷

英国

4月2日－4月16日

目　次

98_　4月2日　英法海底隧道—伦敦

伦敦人从来不更改自己钟爱的事物，比如“三红一黑”。

105_　4月3日　伦敦

中国开始改革时，要能兼顾一下“欧洲模式”就好了。

117_　4月4日　伦敦—斯特拉福—曼城

在四百多年前莎士比亚故居的窗玻璃上发现一百多年前狄更斯的签名。

124_　4月5日　曼城—霍沃思—爱丁堡

神甫告诉我勃朗特三姐妹都没活过四十岁的真正原因。

135_　4月6日　爱丁堡

我每去一处，如果找不到它的精神，就会对它毫无兴趣。

143_　4月7日　剑桥

在剑桥我想到：中国的希望与绝望都在大学。

151_　4月8日　伦敦

最好的社会文化方式是：政府搭台，文化唱戏；而不是文化搭台，政府唱戏。

157_ 4月9日 伦敦—坎特伯雷

面对坎特伯雷大主教的墓室我心里说，应该为一九六六年为保护法门寺而自焚的良卿法师立一尊雕像。

163_ 4月10日 牛津

现在中国城市历史的保护，往往是临到拆除时媒体大闹一阵，过后没人再提。我们真拿自己的文化当回事了吗?

169_ 4月11日 伦敦—巨石阵—巴斯

叫巴斯大学教授挠头的中国留学生的“集体性格”。

174_ 4月12日 巴斯—伦敦

我们的文学是不是愈来愈主观，随心所欲，尽显自我并走向极端?极端的前边呢?

181_ 4月13日 伦敦

西方人眼里只有两类关于中国的书：我们出版的书只说自己好，他们出版的书常常带着误解与偏见。

189_ 4月14日 伦敦

在伦敦居然邂逅了国内罕见、寻觅已久的一套湘西瑶族的《盘王图》。

197_ 4月15日 伦敦

伦敦西敏寺教堂的名人角比不上巴黎圣贤祠；前者权力至上，后者精神至上。

205_ 4月16日 伦敦 ✈ 北京机上

“为思想而活着”——是因为思想才是最坚实的定力。

4 月 2 日
英法海底隧道—伦敦

一
从海底到英国

法国与英国隔海相望，之间往来只有三条道：一是飞机，一是乘船；自一九九四年又多了一条，即搭火车从海底隧道过去。于是这次我选择了第三条，我想体验头顶着深深的海水穿过海峡的感觉。

中午乘车先出法国海关，再到英国海关交验护照。法国海关摆摆手就过去了，英国海关恨不得把你的胡子拔下几根化验一下。这两国人也是两样，英国人精于工业与管理，法国恨不得人人都是艺术家。你的名片上边的身份若写“艺术家”，法国人马上对你表示敬意，表示亲近。你若写上什么长什么官，法国人毫无兴趣，这与他无关。

待过了海关，车入码头，开始排长队，一辆辆驶上一列火车。这种特制的车厢高大，汽车入车厢停好，每三辆为一组自动关上一道玻璃闸门，我立刻明白这是载车火车，

海底隧道，此刻正在前往英格兰

人坐在自己的汽车里，汽车“坐”在火车里——穿过海峡。不一会儿火车开动，纵入隧道，除去轻轻摇晃，并无异感，更无海水在头上荡漾之感，至多过半小时，车窗外出现房子、灯杆、路标，原来已经到了英国的多佛尔，跟着上了高速，径直驶往伦敦。

二
三十年前初访英国

前一次来英国是一九八一年，种种情景忽在心中出现。那是我有生第一次出国。此前是“文革”，“文革”

中几乎没有一个中国作家出国，尤其是去西方国家。我连英国是什么样子都想象不出来，所以我从议会大厦前面的大桥走进这座城市时，面对着那一大片极华丽的古典建筑，完全想不到还有这样一个世界，我蒙住了。那次访英的中国作家代表团一行三人，除去翻译，还有团长、老作家吴伯萧先生和我。我对吴老所知不多。“文革”前我从事绘画，不大通晓文坛的事，只在上学时读过他的一篇散文《记一辆纺车》，那正是他的名篇。“文革”期间他被整得厉害，甚至被开除党籍，“文革”后也是头次到境外，心里紧张，也发蒙，逢到交流座谈基本不知该谈什么。那次在牛津大学与教授们做小型的交谈，我忽见吴老睡着了。傍晚从牛津回来吃过饭，吴老把我叫到他房间问：“下午座谈时你是不是以为我睡着了？”我一惊，他怎么知道我的想法？我忙说：“您岁数大了，又有时差，这两天安排活动多，太累了。”谁料他说：“外事无小事。今天人家提的那些问题怎么回答？外事工作不犯错就算圆满了。”我由此感到老一代作家在经历“文革”重创后的“心有余悸”。我就是在这样的时代背景下初访英国。

那次访英的活动由英中文化协会安排，其实活动都很有趣。包括出席布克奖颁奖，与后来的诺贝尔奖得主、《蝇王》作者威廉·戈尔登见面交谈，造访剑桥、牛津和伦敦等几所大学；由于此前中西方隔绝，对这些几乎一无所知，再加上有点“发蒙”，留给今天的印象恍恍惚惚，恍如隔世了。

一九八一年访英归来所写的《雾里看伦敦》封面

可是那次短暂的出访回来，竟写了两本小书。一是缘自在唐人街上结识的一位命运多舛的女子，写了一部十分暗淡的中篇小说《雾中人》；再有是我第一本薄薄的旅行札记《雾里看伦敦》，这本书在百花文艺社出版，素白封面上印着浅赭色伦敦的影像。其实此刻的伦敦早不见狄更斯小说中所写的那种浓得发黏的厚雾，连薄雾也不见了，大片大片平整鲜亮的绿地铺着阳光，但我还是喜欢这本幼稚又单薄的游记的书名，这正是我和西方世界初次直面的真实感觉——如隔大雾，看不清楚。

这本书中有一篇散文叫做《在旧梦中甜睡》。我对英国人依然活着的历史既惊讶、欣赏又莫解，因为经历过“文革”，我们已经把历代帝王当作敌人彻底荡除，在这里历史居然被敬重着。记得后来一位记者追问我做历史文化保护的精神根由，我说到这次访英，它使我看到一个与当时的中国完全不同的历史文化观。

不同的事物才会有启发。

三
又入伦敦

这次，只是刚进了伦敦，就把我差不多忘掉的景象摆到面前。

又见到了伦敦三种红色的标志物，两种静的一种动的：红邮筒和红电话亭静静地立在街头巷尾，红色双层的大巴在路上威风十足地开来开去，上面坐满举着相机四处张望的游客；又感受到左行车的别扭与奇异。我的伙伴——这伙伴有点像福尔摩斯身边的华生——她还发现伦敦的出租车十分特别，老式的黑色小车，敦敦实实的长方形，像上世纪三十年代的男人皮鞋。其中一些车上面用谐调的蓝色、红色与白色印满了伦敦大大小小的地名。我忽记起，上次访英就是这种出租车，过了三十年，英国人还不换车吗？

这种车司机旁边没有"副驾驶"的座位，后边车厢里有五个可以对坐的座椅，很宽敞。它们多停在固定车站排队等候载客，不能随处招手即停，更不能想停就停；英国人把这种对出租车管理的行规也留给了香港。由于英国人从不改换这种自己钟爱的事物，这种黑车和上面说的"三

街头电话亭

红”被称作“三红一黑”，经久不灭地成了伦敦的标志。记得上次有人对我们说过这“三红一黑”，我说我们也有“三红一黑”——红歌红语录红袖章，还有黑帮。当时“文革”刚过，记忆犹新，吴老和翻译何滨都笑了，笑我的“三红一黑”的荒诞，好在这些东西被历史摒弃了。历史对事物的选择一任自然，喜欢的留下，厌恶的抛弃，谁也无法勉强历史。

在旅店门口又见到欣然，她来接我们，这位兼做“母爱桥”公益事业的女作家依然像我前两年见到时那样，亲切又优雅。只是这次一见说不出哪一点有些改变。是不是她来天津访问我时身份是客人，此刻她是主人？做主人和客人两种自我感觉当然不同。天性热情的欣然一见面就表现出要把我这次访英的一切杂事都担过去那种架势，使我们立即与伦敦没有任何生疏感了。

4 月 3 日 · 伦敦

4 月 2 日
3 日
4 日
5 日
6 日
7 日
8 日
9 日
10 日
11 日
12 日
13 日
14 日
15 日
16 日

一
偷果酱

早餐时，看到桌上那种英国人习惯摆着的几种小瓶果酱，忽想起一九八一年初来英国，早餐时初见这种花花绿绿、小巧的果酱，非常新鲜；那时中国人个人没有外汇，公务出国每人补助十一英镑，只够买一盒饼干。我总得给家人带点新奇的东西回去，便悄悄伸手拿了两瓶带走，当时真有点做贼的感觉，以致后来一见这种小瓶果酱心里就生出惭愧，不愿多瞧它一眼。

我对伙伴说："这就是三十年前我带给你的果酱，就从这种桌上拿的。"

我以为我的伙伴会讥笑我，挖苦我。

不料她说：你还干过一次。那时你母亲住院时，你在公共汽车站的地上拾人家扔的车票，报销后给你母亲买苹果。

我苦笑，也谢谢她的理解。

皇室卫兵

二
初识托笔

托笔是英国一位成功的出版经纪人。凡是能准确判断出版价值的人，一定对社会文化具有独特的个人认识力。这使我们一见面的话题，就能绕开那些世俗的包括网络关切的热点，把共同的关注一点点往下挖掘。当晚，我便将这些依然在脑袋里翻来覆去的对话的片断记下来。我两人分别用 A 和 B 两个字母做代号。

A：由于大学教育的普及，当今有知识的人愈来愈多，知识分子却愈来愈少。对知识分子的“界定”发生改变。知识人不一定是知识分子；知识分子是公共性的、思想的、独立的、有社会担当的。

B：这是因为网络和电视传播瓦解了知识分子。各类消费性的媒体明星成了社会主角。思想被信息取代。人的脑袋堆积着大量信息，但都是消费过的。

A：消费过的信息是一种垃圾。思想如土地，但正在被信息沙漠化。

B：已经一团散沙了。

A：于是知识分子正在被社会边缘化。在你所说的网络与传播瓦解知识分子之外，再有便是资本社会，资本很霸气，它不需要知识分子。在主宰着社会的强势的资本面前，知识分子愈来愈个体和弱势。要么趋炎附势，要么唯利是图——我们也不能太悲观——要么孤军奋战。

B：但很难战斗到底。实际上当今世界不缺思想者，但他们发不出声音。这也是媒体社会的结果，因为媒体也不需要他们，只需要他们之中的明星；成为明星的知识分子，实际上已被商业化了。

A：其实网络上不缺有见识的文章。

4月 2日
3日
4日
5日
6日
7日
8日
9日
10日
11日
12日
13日
14日
15日
16日

B：但网络也是媒体，不是思想库。网络上很难思想建设。

A：这是因为网络的信息是滚动的。即时发生的、第一时间的、现场的，都是媒体的追求，也是媒体的本质。本质不会改变。关键是知识分子的精神空间在哪里？在大学里吗？问题是大学的学者也想明星化。

B：如今西方的知识分子也是一样。在法国，第二次世界大战后知识精英就开始消退，后来大量移民进来一冲，知识精英就更没有力量了。上个世纪人们为思想而战，可是今天为什么而战？

A：在资本社会里难免为个人利益而战。我在想，在资源和能源愈来愈匮乏的未来，会不会最终为资源和能源而战？现在世界很多战争的背后都是为资源和能源博弈的结果。远古的人为一条江河一个高地一片可以捕猎的密林而战，那么人类的未来可能又要返回去了，为生存的必需而战；那么人类将越过自己的文明重返远古与愚蠢。

B：有人认为中国和美国是全球化最大的受益者，你怎么看？

A：三十年前中国开始改革时，世界上有两种模式可供中国学习。一是美国，一是欧洲。中国选择美国是为了快速发展，当时十亿人的中国贫困的压力太大。这一选择使中国急速发展起来，但同时付出太大的环境（生态环境与文化环境）成本。欧洲历史悠久，文明深远，在现代化过程中生态环境保护得好，中国开始改革时要兼顾一下欧洲就好了。

B：我还有另一个关注点，“文革”时期有没有红色文艺之外的艺术创作？

A：你这个问题很有意思。应该有，我也见过一些艺术家表现内心的苦闷和生活的荒谬，但纯属个人，没有任何社会影响，也不可能有任何影响，因为这种创作是秘密的。我写过这样题材的几部小说，比如《临街的窗》和《楼顶上的歌手》。这样的艺术现象在“文革”结束后就被伤痕文艺的大潮淹没了。其实红色文艺也是一种历史，尽管它是一种非常畸形的文化，但也是文化史的一部分。有一位美术史家叫王明贤，他写过一部《1966—1976中国美术史》，很值得一读。

三
国家美术馆

英国国家美术馆收藏之富惊人。一天走不过来，三天看不过来。

我首先选择近代。走进第一展厅，第一眼看到的是塞尚的《大浴女》。塞尚对面的墙上挂着的是梵高的《向日葵》和《麦地与天空》。梵高画过多幅《向日葵》，这幅是一八八〇年患精神病前画的；而《麦地与天空》是他患病后在巴黎附近奥维和画的，时间为一八九〇年。这两幅画挂在一起正是我十二年前在法国研究的一个题目——梵高患精神病前后绘画的不同。患病前的画较为写实与平和，形象具有刻画性；患病后的画充满动感与不安，同时洋溢着生命感与韵律，大量线条是主观的、随心所欲的笔触，这笔触直接表达出他的个性情绪与魅力。墙上的《向日葵》与《麦地与天空》更证实了我对梵高的研究。

接下来是毕沙罗。我喜欢毕沙罗的节制与诗性。

第二间展室是莫奈的《日本桥》。同一年画了两幅，一写实一写意。还有西斯莱和雷诺阿。

依我的经验，来到这种包罗万象的美术馆看画，一次不要看太多太杂，如吃自助餐。我发现这次我过多注重印象派，可能与我最近关于自己绘画的思考有关。没关系，反正我一准儿还要再来。

这样一路走出去，从眼前掠过的是伦勃朗、鲁本斯和拉斐尔，收藏之富令人惊愕。

英国国家美术馆是免费的，人很多，除去本土的英国人，还有不少旅游参观团，多是欧美人，还有日本人和东南亚人。我有点奇怪也有点悲哀，为什么很少见到中国人呢？我们不爱艺术吗？我们在唐宋不是已经出落为巨匠如林的美术大国了吗？

四

在大英博物馆见到斯坦因

这次看大英博物馆也是选择地看，未看欧洲部分。主要看：

一、西亚

二、埃及

三、中国

重点是中国。我很想去寻找一个世纪前斯坦因从丝路和敦煌搬到这里的东西，就像伯希和搬到巴黎吉美博物馆的东西。不知大英博物馆此时是否展出，那得看我的运气了。

先看西亚，尽管我在其他国家也曾拜谒过西亚——即两河流域的遗存，然而大英博物馆古代西亚藏品之巨之精及其表现出的文明的高度，令我震惊。我想我当时的表情一定是目瞪口呆。这一对对巨大而神奇的人面兽身带翼雕像竟是公元前数百年的作品？尤其是那些人面连鬓长须浮雕的线条，活生生地旋转自如，极其优美；还有大批亚述王朝石板上的浮雕，与我国汉代画像在同一水平上。但汉画苍劲浪漫，线条舒展主观，多为神话传说；亚述的壁画看似历史经典，构图复杂，却富装饰性又写实；但它们共同证实着人类艺术在如此遥远的时代就达到这般纯熟。由此我又想到伊拉克的国家博物馆，它所庋藏的两河流域包括阿卡德、亚述、巴比伦和苏美尔文化的珍品，顶尖于世界，

来自西亚的巨型石雕——人面兽身带翼像

一直令我神往。但如今的伊拉克多灾多难，很难到那里去了；二○○三年美国人攻打伊拉克时，这个博物馆横遭乱民抢劫，巨量珍藏不知去向。今天在大英博物馆也是对我一种很充分的补偿。

至于大英博物馆古埃及的藏品，更称雄于世界。那块举世闻名的罗塞塔石碑早在一八○二年就在这座博物馆展出，并在两个世纪以来一直是举世公认的镇馆之宝。如果没有这石碑上同时书写一种内容的三种文字——古希腊文、古埃及文和当时流行的一种文字，古埃及的象形文字由何破译出来？

一种死去了的古文字的破译会打开多少历史的门？

任何博物馆的地位与身份的高低，全看它的镇馆之

大英博物馆的镇馆之宝——埃及罗塞塔石碑，一八〇〇年被发现，由此破解了古埃及的象形文字

4月 2日 3日 4日 5日 6日 7日 8日 9日 10日 11日 12日 13日 14日 15日 16日

宝了。就像卢浮宫的《蒙娜丽莎》和胜利女神雕塑、埃及国家博物馆的图坦卡蒙墓葬和故宫博物院的《清明上河图》。

从大量的木乃伊与神像中，我更清楚古埃及人最在乎的是死亡。死亡是生命的终点，只有超越终点才能永恒。古埃及人的方式是木乃伊，中国人更相信六道轮回，当代人则寄希望于克隆。这是人类一个永远的话题。

我是幸运的，因为中国馆正在展示斯坦因在中国西部的“考古发现”。尽管数量有限，但绝大部分都不曾见。除去宝石、首饰、银器、建筑的木构件，最精彩的还是泥塑，材料是新疆特有的红土，虽然形象是西域化的，甚至带着一些印度文化的元素，又明显是唐风。那些胖胖的仕女与蹙眉瞪目的力士形象，件件都是“孤本”，也是极品。我在博物馆纪念品店的书架上想找这些彩塑的画片带回去，但找了半天也未找到，幸亏我的相机还好，大英博物馆允许拍摄，我把它们一一摄取下来。

西方考古者自十九世纪从埃及、西亚到印度，逐步进入他们从未涉足过的陌生又神秘的远东大地。首先是新疆，随后是甘肃西部的敦煌；这块在宋代之前中外交流的热土，在宋代之后随着海上丝路的渐渐兴起而冷寂下来。古人留在这块土地上的遗物再没人动过，被时光的尘埃轻轻蒙上，好像在等着西方的考古家们来发掘。这些西方人所谓的考古发掘更像是从地上捡东西。伯希和说一次在新疆把马鞭

4月 2日
3日
4日
5日
6日
7日
8日
9日
10日
11日
12日
13日
14日
15日
16日

斯坦因发掘的唐代的西域雕像

往地上一插，就碰上一件东西，挖出来便是一件极其漂亮的唐代彩塑。

我们总以为从斯文赫定到华尔纳，西部大地已经给这些精明又不辞辛苦的西方考古家翻遍，所剩无多，其实这方圆几千公里的土地怎么会给几十个西方人搜寻干净？近年来在我的学院建雕塑博物馆时，我从西部的古董商贩手里买到几件丝路遗存，件件都是上品。这次在大英博物馆看到斯坦因从新疆丹丹乌里克佛寺遗址发掘的一件唐代彩塑“天部像”（这张图片曾发表在斯坦因的《西域考古记》中），与我藏品中的一件完全一样，但在品相与色彩上还是我的藏品更好一些，但如今这些从新疆新出土的艺术品很少进入我国各地的博物馆,仍是西方人和日本人来“淘宝”的对象。这使我暗自告诉自己，还要在保存丝路的遗物方面再做努力，一边以挽回百年前的损失，一边不叫它再流失了。

4 月 2 日 3 日 4 日 5 日 6 日 7 日 8 日 9 日 10 日 11 日 12 日 13 日 14 日 15 日 16 日

4 月 4 日
伦敦—斯特拉福—曼城

一

怎么去爱丁堡?

一次——大约十二月底吧，听一位朋友电话里说，他刚为办一件急事去了趟苏格兰的爱丁堡，正赶上大雪过后，到处白雪覆盖，真冷，但这城市有一种气质在白雪中张扬着，很棒。我说：你说的“棒”是说一种美吧，但它是一种怎样的美呢？他只说很独特，却没说怎么独特，但显然被这独特打动了征服了。

因此这次访英，我无论如何也要挤出时间跑一趟苏格兰爱丁堡。当地人告诉我，爱丁堡很远，开车去一天，坐飞机一个半小时。我问他如果坐汽车途中有什么值得一看？他说，两条线都行，一条线经过约克郡，可以去尼斯湖，如果鸿运当头可以看到水怪；另一条线上有莎士比亚和勃朗特姐妹故居，但中间要在曼城住一夜。我说，我旅行习惯于自然让道给人文，于是决定走后一条路线。第一天乘汽车经莎翁故居，夜宿曼城；第二天仍乘车去勃朗特姐妹的家，随即奔往爱丁堡；第三天在爱丁堡到处跑，夜乘飞机回伦敦。对，夜里必须赶回伦敦，因为转天要去剑桥演讲。事后证明这条路线是最佳选择。

二
莎氏山鸡

在去往爱汶河畔莎翁故居所在的斯特拉福高速路上，我看到一个难忘的景象。一只山鸡被快速奔驰的汽车轧死，另一只山鸡哀伤地守在一旁。驾车的导游李薇告诉我，这条公路上山鸡从来都是这样，山鸡是成对的，如果一只被轧死，另一只在旁边守着绝不离去，直到它也被车轧死。

我说，要不莎翁能写出《罗密欧与朱丽叶》呢，这地方山鸡的爱情也这样终生不渝。这山鸡应叫“莎氏山鸡”了。

我是不是已经进入一块天地有灵的神奇土地了？

三
在莎翁故居看到了什么？

来莎翁故居之前，我颇有点疑惑，我能看到什么？莎翁已故五百年，还会留下多少遗存？然而走进斯特拉福小镇却令我十分惊讶，在一片依旧是中世纪栅栏格式的街区

4月 2日 3日 4日 5日 6日 7日 8日 9日 10日 11日 12日 13日 14日 15日 16日

莎士比亚出生的小镇斯特拉福

里，莎翁出生的老屋、一五七四年出生的登记册、去世时举行葬礼的小小的圣三一教堂、演出过莎翁剧作的剧院、克洛泊顿石桥，直到他父亲供职的镇政府的小楼，以及他家那些做铁匠、酒商、肉店、零售商的邻居与亲友的老宅，还都原样地保存在原地。这是谁的决定？怎么从来没人想去拆掉然后开发建楼呢？

我尤其喜欢古老的都铎式小楼。粗木结构的构架中间填上砖块与灰泥，这种建筑产生于十五世纪末的都铎王朝。现在国内狂拆民居者的一个理由是西方建筑是石头的，坚固易存；中国是砖木结构，很难保留；但同样是木架加灰泥与砖块的都铎式民居都已五百岁以上，现在还在使用。

莎士比亚故居的卧室

其中镇上保存最好的都铎老屋，便是静静地立在亨雷街上莎翁的“大房子”了。它如今已作为莎士比亚故居博物馆使用。在屋内可以看到莎翁父亲制作皮制品的小作坊、主厅、客厅、睡房和厨房。这里冬天很冷，人们既善于生火取暖又善于防火；童年的莎士比亚一度睡在父母床下特制的抽屉里。

莎翁故居的“展出”方式独特。两三位穿着当时服装的男人与女人“生活”在房间里，做些活计聊聊天，有时参观者多了，他们会即兴表演莎剧的一个小片断或一段经典的台词。他们以这种方式把人们带进当时的生活氛围和莎翁的艺术里。

莎士比亚在这里度过童年、少年和一部分青年时代，结婚生子，走进生活。他十一岁时在这里亲身经历过一次国王豪华的出巡，从而诱使他对宫廷生活迷恋、神往和充满遐想，并直接影响到他日后戏剧创作的题材与生活。

这里的人至今还说五百年前他离开故乡，是由于他跑到镇外狩猎时误入了私人的领地，惹怒领地的主人，挨了揍；他用一首讽刺诗报复，没想到这首诗被广为传颂，招来更大的怨恨，他为此躲到伦敦。然而，此时的英国和中国一样都已是戏剧的天下，致使莎士比亚身上潜在的戏剧才华得到惊人的释放。短短的十几年他写出三十九部戏剧杰作和大量的十四行诗。那时人的生命短暂，人生的阶段与今天完全不同，一六一二年四十八岁的莎士比亚就已翻过他的创作高峰。他返回到故乡颐养天年，四年后去世，当时不过五十二岁。

现今故居中他晚年的遗存并不多。毕竟事隔五个世纪，岁月太久，保存如是已不可思议。我们到哪儿还能找到关汉卿？而人家连狄更斯等人在莎翁故居窗玻璃上的签名还完好地保存着。

说到狄更斯，他应是莎翁故居保护的功臣。十九世纪四十年代这座房子一度无主，面临拍卖，狄更斯组织了许多活动筹集资金，才把它购买下来，并作为国宝修复。随之便是各界有识之士与本地热心人组成的基金会，发起了范围更广的保护工作，包括镇内外相关遗存，连同莎翁母

故居玻璃窗上的签名，上边有狄更斯的名字

亲与妻子安乡村的故居。保护修复的态度之认真使人钦佩，连故居院子里栽种的花草都来自莎翁的作品。

莎翁家乡的人如此珍视他，绝非因为他给家乡带来“知名度”和经济效益，而是真正知道他的价值。

莎翁故居之所以至今仍成为旅英游人的必往之地，是由于他的戏剧已成为人类共享的精神财富；他那些剧作——《奥赛罗》、《罗密欧与朱丽叶》、《哈姆雷特》、《威尼斯商人》、《李尔王》、《仲夏夜之梦》、《第十二夜》等，至今还“活”在戏剧舞台上。文学史看似是以作家的名字连贯成的，实际上是永不褪色的经典串起来的。唯有经典才能穿越时空，所有文学和艺术都逃不过历史的检验。

我还想再提一下狄更斯。一个作家能够如此下力气去保护另一位前辈作家的故居，不正是表现着他对文学真正的热爱与虔诚吗？

莎翁雕像

4 月 5 日
曼城—霍沃思—爱丁堡

一
不喜欢曼城

尽管曼城也长着历史的胡须，但这个城市的基因是工业。我不喜欢它那强烈的工业色彩，我偏爱农耕时代的城镇，一切都是手工制作出来的，生动地带着人的情感痕迹。农耕时代人依赖大自然，所有建造都带着与大自然相依为命的心愿，所以相互融合为一个如画的整体。然而，看看这个十六世纪就成为工业革命一面旗帜的曼彻斯特吧！一切一切都四四方方、见棱见角、硬硬邦邦，无处不带着理性的规范，唯独没有人性的柔软；连那座标志性的市政大楼也像是机器切割出来的。但它并非出自机器，而是曼城人的思维。曼城人的房子爱用红砖。红色是炽热的，但在这些生硬的、直线化的建筑上，红砖却叫人感觉是冷的。

听说曼城的活力大爆发是在全英足球联赛的盛季，整座城市为之发狂。这是这座工业城市压抑下人性的反弹吗？

于是我在这座城市里，只跑到曼联足球俱乐部的球场前拍一张照片作为纪念。

二
勃朗特三姐妹

自曼城往北一百多公里，在起伏的丘陵间隐伏着一个原本平凡的小镇——霍沃思，它便是勃朗特三姐妹的故乡。三姐妹就在这里演绎出世界文学的奇迹。

勃朗特三姐妹像　勃朗威尔作　1834 年　90cm × 75cm

4月 2日 3日 4日 5日 6日 7日 8日 9日 10日 11日 12日 13日 14日 15日 16日

母亲的早逝把孩子们留给父亲带大。父亲是乡村小教堂的穷牧师，收入甚少。但三个女儿和一个儿子以非凡的文学和艺术的才华，使他们的小楼色彩缤纷。读书、弹琴、画画、写作，还有愉快又充满想象的交谈。同时，又被贫穷死死纠缠着。

艾米丽和夏洛蒂都去做过当时低人一等的家庭教师；夏洛蒂为节省纸张，只能用很小的纸块写很小的字。现在故居里还保存着夏洛蒂一些写满了蝇头小字的纸块。地势较高的霍沃思冬天很冷，连取暖都成了生活的压力。夏洛蒂自制的厚厚的连腿袜套在她的房间里可以看到。夏洛蒂和艾米丽画得都不错，最有绘画才华的是排行老二的兄弟

夏洛蒂·勃朗特写作的台子

布朗威尔，他被宫廷肖像画师劳伦斯看重，但在一次失恋后堕入无度的狂饮与沉沦之中，不但前途无望，更加重了家庭的困境。然而就在这生活的阴影里，夏洛蒂和艾米丽分别写出使英国文学为之自豪的《简·爱》与《呼啸山庄》，从这两部书中可以感知她们心灵的苦楚与渴望。妹妹安妮也写出她的长篇小说《艾格妮丝·格雷》。

艾米丽·勃朗特写作的《呼啸山庄》

这兄妹几人命运的悲惨也是一种人间的极致。他们都没有活过四十岁。艾米丽去世之前患精神病，她活了三十岁；布朗威尔死于酗酒与吸毒，二十九岁；夏洛蒂婚后不到一年便死去，三十九岁；妹妹安妮猝死，年仅二十一岁。这一家人的命运是个不可思议的谜。

有人说霍沃思这地方的人大都短命，活过四十岁便是幸运。我在村中小教堂里去看勃朗特一家人做弥撒的地方时，教堂的神甫告诉我，致命的缘由来自饮用的河水。水

霍沃思教堂后边的墓地

由高而低，先流过教堂后边的墓地，墓地里死人太多，细菌太多，害人致死。可惜那时代没人想到这个根由。

一家姐妹三人全是杰出的作家，世上没有第二。在音乐上也只有这样一个奇迹，便是奥地利的施特劳斯家族。记得画家吴冠中一次对我说他绝不叫儿子学画，他的道理是一个真

勃朗特三姐妹的签名

理：艺术是没有遗传的；或者说，如果一个伟大的作家和艺术家在某处诞生，是因为上帝吻错了地方。

三
逃婚村

英格兰与苏格兰之间的“边界”上有两个有趣的小地方，值得一记。

一是一座矮矮的小平房卧在公路边，据说正在英格兰进入苏格兰的起点上，好像苏格兰的门房。房上有个“人”形的牌子朝向两边。若从英格兰进入苏格兰，就见牌子的一面上边写着“苏格兰第一座房子”；若从苏格兰进入英格兰，就见牌子的另一面上边写着“苏格兰最后一座房子”。

进入苏格兰的头一眼，就看出了苏格兰人脑袋的灵活，性情风趣。

二是“边境”上的逃婚小镇。十八世纪末英格兰颁布的婚姻法，男女青年必须年满二十一岁，并得到家长同意方可结婚；但苏格兰男女青年到了十六岁就能结婚，不必得到家人认可。这样一来，爱得死去活来的英格兰少男少女背着家长悄悄跑到这儿来结婚，手续十分简便，不用神甫和复杂的仪式，证婚人是位铁匠，不过发一份结婚证书而已，证书却是合法的。当然这是二百多年前的事了。如今国际化了，每年都有几千对男女来这里举行婚礼，其意

苏格兰与英格兰交界处的小店

义也变了，变成一种充满浪漫情趣的旅游结婚。但在发结婚证书时却严格起来，非要经过为期三个月的调查，证明双方都未婚，才发证书，防止重婚。这么一来，今天的逃婚村反倒是正规的“结婚村”了。

四
苏格兰风景

我庆幸这次自己选择了一路乘车北上，长长八百公里的行程，得以尽览苏格兰大地的风情。大片大片缓慢起伏

苏格兰雪后

着的高原，连接成一片浩瀚的凝固的褐色的海，松软的水墨似的云影在上边缓缓行走；远处是阳光下夺目的雪山。半月前我在法国时，这里下了一场罕见的暴雪，当时狂烈的景象现在仍能见到。有时山道两边的积雪高高的有如雪墙；一些粗大的树木折断，树冠横卧地上；山坳与树丛里的白雪，依然厚厚地不肯融化。由于地高风寒，冰冻不融，干涸的长满蓬草的溪谷静静而耐心地等待春的到来与滋润。丛林高处只有乌鸦边叫边飞，我才知道乌鸦是最耐寒的飞鸟。其他珍禽异卉还在天边，可是在向阳的坡面上草地已微弱地显出一些新绿，一些心急的野花星星点点露出头来。

苏格兰高原

凡是这样的地方，都有些羊群散布其中，叫人感到新一年的生活又开始了。尽管在这高原上一直没见到人影，偶尔却会有一堆结实的石头房屋簇拥着一个小教堂的尖顶从车窗闪过……就这样，我们渐渐走进英伦三岛上一座传奇般的名城——爱丁堡。

4月6日·爱丁堡

一

爱丁堡的精神

不知道是否缘于职业习惯，我每去一处，都会有意或无意寻找那里的精神。如果找不到那里特有的精神，我对这地方会毫无兴趣。不管是否高楼林立和大厦满街，因为这种用钱“打造”出来的东西到处都有。

叫我一下就找到爱丁堡精神的，还是在它的城堡里。

这不只是指城堡雄奇的气势、久远又曲折的历史，以及里边有多少宝贝。主要因为它有一种精神，首先在它城堡顶端的国家战争博物馆里。

“一战”中死去的二十一万苏格兰士兵在这里被永久纪念着。一排皮壳的、精装的、厚厚的烈士名录中，可以按其所在部队番号查到每一个烈士的名字与年龄，没有一个会被遗忘。“一战”中苏格兰军队损失五分之一。这里所纪念的不是悲剧史，而是英雄史。尽管苏格兰在历史上，

爱丁堡城堡

一次次被凯尔特人、罗马人、英格兰人打败，但他们依然认为自己骁勇善战、不甘屈服。他们是自尊的。

城堡里的所有历史遗物不全是“死”的，特别有两样依然活着。

一件是放在城堡皇冠之屋的“幸运石”。历史上它一直是苏格兰王的坐席。十三世纪末被英王爱德华夺走，放在伦敦的皇室教堂威斯敏斯特教堂，成为英国历届君主的加冕椅。直到一九九六年被搬回来放在城堡中。只有在英国举行加冕大典时，才临时被“借”到伦敦几天。幸运石是苏格兰历史的圣物。

另一件是中世纪火炮之王 Mons Meg。这门大炮是勃艮第公爵送给苏格兰王詹姆斯二世的。重达六吨，一四五七年由一百人抬上城堡，在多次战争中发威立功，被苏格兰人当作光荣，后为礼炮。如今，仍是每逢周日点炮，以其轰雷般的巨吼，显示其民族历史的雄风。

一个地方的精神都是一种历史精神。历史精神是漫长岁月积淀与养育成的，经过世世代代的认同，谁中断它谁就破坏了历史，若要将破坏的历史修复起来仍需历史。

一个苏格兰家庭的婚礼

二

爱丁堡犬的性情

小狗巴比的故事上过银幕，人人知道。人们以为这只是个虚构的故事，到了爱丁堡才知道它是“真人真事”。这只小狗的主人是更夫，巴比与主人相依为命。主人去世后，

小狗巴比

它天天跑到教堂后的墓地上，一连守了十四年。这种人间罕有的情与事居然发生在一只小狗身上，令人震动和感动，也叫人反省与自省。巴比死后，爱丁堡的市长特准把它与主人埋葬在一起——因为一般狗是不准葬在人的墓地里的。

如今在格瑞范尔教堂后还能见到巴比的墓地和墓碑，碑前总有人放上鲜花和松枝，特别是孩子们还会放上信件、骨头、用花纸剪成的心，以表达敬意。墓地外桥栏上还有巴比一个小小的铸铁的雕像，成为爱丁堡人引为骄傲的“名人”。

这是苏格兰的狗的故事，威尔士也有个狗的故事。

威尔士的一个主人出门办事，把家中睡在摇篮里的儿子交给爱犬守护。一条恶狼闯入欲吃孩子，爱犬与之拼命厮杀，直拼得遍体鳞伤满身鲜血，才把恶狼咬死。这时主人回来，被血迹斑斑的眼前的一幕惊呆，误以为爱犬咬死儿子，掏出抢来把爱犬一枪打死，待低

小狗的墓地

头看到儿子安然无恙，地上躺着一条死狼，才明白自己杀掉的恰恰是救了自己儿子生命的“恩人”。据说威尔士也有关于这条狗的纪念。

两个故事一只忠义犬，一只忠烈犬；一个深情，一个悲壮。一个故事能在一个地方广为流传，往往是这地方一种特质的反映，正如山东多为水浒英雄，浙江常是多情善感的才子佳人。

从这个有情有义的小狗巴比的故事，是不是可以看出爱丁堡人的性情？

三

发明家与作家

一个地方的气质是由人表现出来的。

关于苏格兰的谜，最大的莫过于其举世闻名的发明家之多之众及影响之巨。从瓦特的蒸汽机到青霉素、电话、电视、扫描、传真、X 光射线、汽车轮胎、高尔夫和冰壶、胰岛素……每一项发明都改变着人类的生活与生命的质量。很难想象如果没有这些发明现今人类的生活是什么样。而苏格兰人的发明奇观直至今天依然未已。其缘由在哪里？是天时地利，还是人种抑或文化？有人说出的一个理由是苏格兰地处偏远，土地贫瘠，人能吃苦与奋斗，可是贫穷也使一些地方只求赚钱发财，并不去发明创造。这显然还不成其理由；还有人说这与苏格兰重视教育有关，去看一看爱丁堡大学都冒出过哪些人物吧——达尔文、休谟、贝尔、麦克斯韦、布朗、柯南道尔、贝叶斯和十五位诺奖获得者。这座建于十六世纪的大学一直受皇家的尊崇，至今的荣誉校长仍是一位皇室成员——伊丽莎白二世的长女安妮公主。现代社会中，大学是真正保持知识精英的精神传统的地方。

苏格兰作家博物馆

如果大学失去这种传统，在社会里能够找到的只是一些精神的流浪儿了。

可是我的关注点在另外的地方。我在上述名单中特别注意到的一个名字是柯南道尔。因为他是作家。我发现，在苏格兰最重要的古今作家中有三位举世皆知：柯南道尔、史蒂文森和《哈里·波特》的作者罗琳。这三个作家没有一个是关切与解析生活的现实主义作家。他们三位，一个是科学侦探小说家，一个是冒险小说家，一个是魔幻小说家，全是奇思妙想、神游天外的人物。我们无法从他们笔下认识现实的苏格兰，却能从他们的字里行间找到他们不一样的异想天开的精神基因。

4 月 7 日 · 剑桥

4月 2日 3日 4日 5日 6日 7日 8日 9日 10日 11日 12日 13日 14日 15日 16日

一
又来剑桥

三十年前，剑桥给我的印象十分有限。一是当时的访问是闪电式的，二是那时我只有两个彩色胶卷，还是八一电影制片厂的一位编剧从大盘胶片上剪下来一段装在暗盒里送给我的，我必须节省着用，所以那次在剑桥留下的照片，只有代表团在三一学院那个标志性的钟楼前的合影；其他印象经过三十年岁月冲刷，已经没有多少具体细节，只剩下一种气氛、一种感觉而已。

然而这气氛却很美好。舒展、古雅、大气，还有大片大片几近奢侈的绿，因为我从未见过这么大的校园绿地。

这次来再看。我对它的印象还算没错。比如国王学院那座哥特式的礼拜堂前的绿地有多大？反正在绿地那一端走路的人影只有烟卷大小。这大片的绿可以消除声音，吸收心里的浮尘，还可以发动思想。可是一位在这里念书的

剑桥大学的气息

中国学生说有时静得叫人有点孤独。我笑道，思想需要孤独，做买卖才怕孤独呢。国内不少大学变成了行业工具，热热闹闹已经找不到这种孤独感了。我还说，可能正是这种让人感到孤独的宁静，使得徐志摩在《再别康桥》里写出了那首情感的绝唱。

站在康河的桥上，真的很美。每根飘逸的柳条都像是画出来的，一片片水光皆似摇动的色彩。

我对徐志摩多一点“感觉”，缘于他在一九一六年曾是天津大学（北洋大学）的学生，他在天津大学的时间比在剑桥大学的时间长。不久前我还与山东工艺美术大学商议，做两尊真人大小的徐志摩的立像分别放在我们两座学院，因为那座致使徐志摩遇难的小山丘，就在山东工艺美术大学的校园内。

过去我在社会工作时，把大学视作一片净土；现在到大学工作，却不知净土在哪里。我在我的学院努力奉思想学术为神明，看到的成果却极为有限。在与国王学院的教授汉斯交谈时，他谈到他对一些来到剑桥的中国学者的印象，用了汉语的一个成语“沽名钓誉”，我听了并不尴尬，因为我不是生活在陈寅恪、梁思成的时代；如果以我的耳闻目睹而言，可能会说出更刺耳的话。

所以说，中国的希望与绝望都在大学。

康桥

二

剑桥博物馆

一九八五年我和张贤亮应聂华苓之邀参加美国爱荷华国际写作中心时，应邀到哈佛大学演讲，顺便参观了那座大学的博物馆。当时我并不知道哈佛大学博物馆在世界的名气，但一走进去立即被惊呆。我第一次看到敦煌的实物、埃及法老的雕像和阎立本的《历代帝王图》，这些藏品使哈佛的分量倍加，由此我懂得了大学博物馆的重要。在我建设自己的学院时，提出把学院“博物馆化”的主张。在这方面我是幸运者——十年来我这个想法一直得到校方的共识与支持。因而在剑桥，当汉斯提出在我演讲前去看看他们著名的菲茨威廉博物馆，还有些得意地对我说 “很值得一看”时，我立即浑身带劲儿。

我进门第一眼看到的便是一块两河流域的石雕，立即清楚了这座博物馆非凡的视野与实力。这里所收藏的中国瓷器丝毫不亚于国内省级博物馆。世界的博物馆里都有中国文物，唯中国博物馆看不到其他文明的遗存。我们在自己的博物馆里转来转去还是自己，这恐怕是中国博物馆的最大问题。

汉斯说：“剑桥博物馆的东西摆得有点杂乱，但我挺喜欢这种杂乱。”

我说：“因为这样每次都会从中有所发现。”

他笑了，表示同意。

三

在两种文化之间

演讲对我最大的诱惑是提问。提问总会遇到新的话题乃至挑战，但它可以调动思考，考验应对的能力，也激发灵感。一问一答是最直接的交流，把个人灌输变为共同关切。在剑桥的演讲我碰到的一个必须边想边答的问题，来自一位中国的研究生。他说：作为个人，在海外如何为中国文化走向世界做点事？

我说：“你一到国外，中国文化走向世界就开始了。因为从遗产学讲，我们每个人都是中华文化的传人，都是

一九八一年在剑桥三一学院的旧照

三十年后旧地重游

中华文化的携带者。外国人要从你身上感知中国文化是什么样的，就像你也常常从你认识的外国人身上感知外国文化是什么样的；还会情不自禁地动用文化比较和文化批评。

“清末民初天津上海都开埠、建租界，外国人首次住到了中国人的中间——当时天津叫‘华洋杂处’。在天津人眼里洋人是‘未开化’的夷蛮，在租界里最热门的话题则是中国人的‘国民（劣根）性’。当时，一位客居天津的广东人名叫张焘，写了一本《津门杂记》，其中一节专写中西方人的不同，他观察得很细，写得也十分风趣。他说：

> 中国人以剃发为修容，西洋人以留发为美容；中国人饮水沐浴俱用热水，西洋人则俱用冷水；中国人读书写字自右至左，西洋人读书写字自左至右；中国人称罗盘为定南针，西洋人称罗盘为指北针；中国人见亲友以戴帽为礼，西洋人见客以脱帽为敬；中国人以红为吉色、白色为丧服，西洋人以黑色为丧服、白色为吉色；中国人迎娶之日涕泪交流，西洋人迎娶之日欢乐异常；中国人称想法生于心里，西洋人说想法来自脑中……

“原文所说，还要多得多。

“张焘之所以看到这些写到这些，是因为他站在了当时中西文化接触的前沿，站在了两种文化之间；现在，你到了西方，也站在了两种文化之间。你一定对东西方文化的不同感知颇多。我们需要知道相互的不同，以相互尊重；同时还要认识到彼此的相同，找到共同的人性本质，加深共处的基础。所以我在一篇文章里写过，我们过去总说中西怎么不同和中日怎么相同；我希望变一变思路，即关注一下中西的相同与中日的不同——因为从深层上看我们和日本人太不同了——这样会更加全面和立体地认识世界，以及各种文化各种人。

“至于我们每个人怎么做，我想我们先要自觉地认识自己身上的中国文化，特别是文化的优劣。让好的文化‘走向世界’。过去，我们对与生俱来的文化常常是不自觉的，现在需要文化的自觉。”

4 月 8 日 · 伦敦

一

福尔摩斯怎么会有博物馆？

当今世界的博物馆千姿百态，但我不明白福尔摩斯只是一个虚构的小说人物，并非作家，怎么会有博物馆？编造的吗？博物馆还能造假吗？

我在一九八一年初访问英国时并没有这个博物馆——它在伦敦贝克街 221b。在柯南道尔的侦探小说里，曾把他小说的主人公大侦探福尔摩斯的工作室虚构在这里。

这所房子建造的时间与小说描写的时代相同，小说写得太逼真了，这房子就成了“似是而非”的“名居”。于是在一九九〇年，有人买下这座房子，把它建成世界上独一无二的博物馆——一个小说主人公的博物馆。它所使用的手段是努力把它做成“真实”的。它的目的和作家柯南道尔完全一致，让人们相信福尔摩斯实有其人。

出于这一目的，博物馆的建造者所收集的物品很特别，

4 月 2 日
3 日
4 日
5 日
6 日
7 日
8 日
9 日
10 日
11 日
12 日
13 日
14 日
15 日
16 日

福尔摩斯博物馆的门牌

十分苛刻。一是必须与小说是同一时代的；二是要符合小说人物（福尔摩斯与华生等）的身份，甚至要符合小说细节；三是从生活用品到工作器物巨细无遗。甭说福尔摩斯的帽子与烟斗，华生的药箱和各种医疗器具，单是福尔摩斯的书桌和工作台上的文具、记录本、放大镜、字典、显微镜、地球仪、铃铛、烧瓶、刀剪、手枪、酒精灯、试管，还有卫生间中每个小物件，全都经过精心挑选，并做现场化的布置。它有意避免一般的名人故居过分刻意的布置，弄真成假；而是故意堆放得杂乱无章，显示主人公生活的忙碌与紧张，给人一种“真实”的幻觉。据说不少“福粉”还常拿着小说到这里来挑错，以使贝克街 221b 和福尔摩斯变成历史上的真人真事。

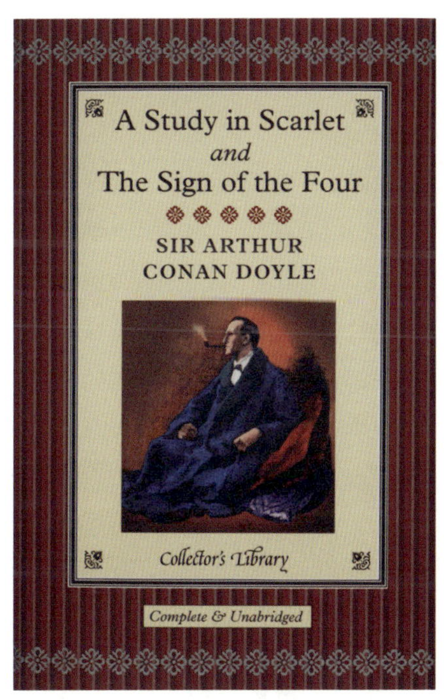

柯南道尔的小说

这便是这个博物馆的价值。

它也是一个创作。柯南道尔让福尔摩斯活在书里，这个博物馆却使福尔摩斯活在世界中。

二

政府搭台，文化唱戏

我非常欣赏鸽子广场的雕塑台。政府在广场上修个台子，但只有台子，没有雕塑。如果哪个雕塑家有件得意的作品想放上去，就提出申请，先把作品的照片拿来参加“竞选”。照片公开后，公民评议，最后受好评的作品被请上雕塑台，展出一年，每年一换。以这样的“摆擂台”的方式推出好的年度雕塑新作，成为今日多彩的伦敦文化生活之一。现在摆在台子上的是一个孩子骑着玩具木马，单纯

海德广场上的雕塑台

直朴，平实自然。这个雕塑台很受市民关注与欢迎。原来最好的社会文化方式是政府搭台，文化唱戏；而不是文化搭台，政府唱戏。

三

撒切尔夫人去世

铁娘子今天永远离开了她的伦敦，白金汉宫降了半旗，我当天便看见海德公园里有人演讲，因她而争论。但对于政治家来说，只有在长久的争论中才有历史价值，才是历史人物。被肯定是一种期望，被争论才是一种价值。

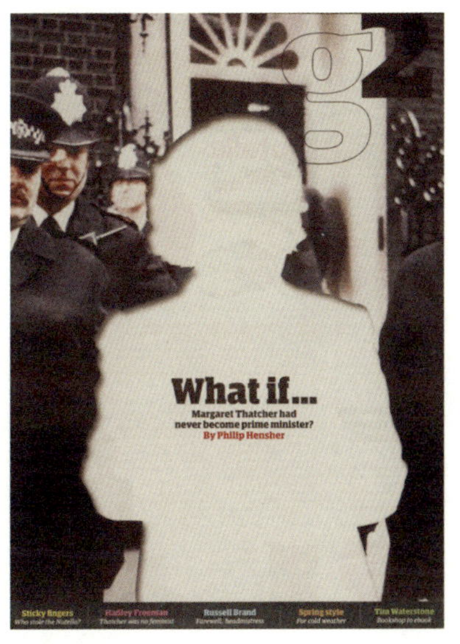

撒切尔去世当天的报纸

四

公益与志愿者

今天在伦敦政经学院演讲，谈到欣然创办的母爱桥公益事业时说：公益是为社

4月 2日 3日 4日 5日 6日 7日 8日 9日 10日 11日 12日 13日 14日 15日 16日

会填补空白。社会总有空白和缺失等待救助，这空白等待有心人去发现，然后自愿担当。不求回报是公益的本质。

心甘情愿来担当的人是志愿者。志愿者有时是一时一事，有时是几年几十年。最大的志愿者应该是真正的知识分子。谁能理解我这句话?

五

修改《中国木版年画》电视解说词稿直至午夜二时，这是最后一稿，基本完工，因记之。

4 月 9 日 · 伦敦—坎特伯雷

一

想起了良卿

如果只下雨不刮风，英国的早春并不算冷。

我们专程从伦敦跑到坎特伯雷，不仅仅因为听说它有一个十分漂亮的大教堂，更由于一个时隔久远的文学情结。英国作家乔叟的《坎特伯雷故事集》与《特罗勒斯与克丽西德》是我最早读到的西方文学作品之一。虽然经历了“文革”焚烧和地震损毁，新文艺出版社一九五五年印制的那本精美的插图本的《特罗勒斯与克丽西德》依然姣好地立在我的书架上。可是《坎特伯雷故事集》却被我亲手烧掉了。我来坎特伯雷便意味深长了。

有的地方去了一趟，所得到的往往和原先想得到的并不一样，比如这次在坎特伯雷；我想重温一下往日的情怀，得到的却是一种精神启示。这当然与大教堂有关。

首先是教堂的宏大之美令我惊叹。它像一艘中世纪的

坎特伯雷大教堂

航母，豪华而稳重地停在这里已经一千多年。我在教堂里一直举着头，差点引起颈椎上的老毛病。我陶醉于它的高远，好像天空就在穹顶上；还有深远，一层又一层，仿佛纵入大江，前边之深远没有尽头。还有大量精致的宗教艺术，边走边看，有如两岸风光无尽，目不暇接。我不是宗教徒，我是从艺术认识宗教，而非从宗教认识艺术。

这座大教堂抓住我的是他的一个“历史故事”。

十二世纪英王亨利二世派他信任的贝克特任坎特伯雷教堂的大主教，然而做了主教的贝克特忠于自己的信仰，不愿意接受王权的干预而遭到杀害，从而使贝克特大主教作为一名以生命忠于信仰的“殉教者”受到人们的景仰。他的殉葬地和墓地一直保存在教堂内。

故事很古老，但故事里的灵魂依然活着。

他殉葬地的墙壁上边，被现代艺术家装了三柄黑色的剑，锋利的剑尖指向他被害的地方。这地方每天都有人放上一些鲜花。后边有个木质的小教堂，用来纪念这位大主教。这个小教堂相当古老，始建它的建筑师中有来自意大利的米开朗琪罗，那年他很年轻，才二十三岁。他用棕黑色单线画在墙壁上的《圣彼得像》在一九八六年一次火灾中逃过一劫，现在仍可清晰看到。空空的小教堂中间悬空挂着一件很特别的现代雕塑，细看是用锈红的长铁钉焊成的一个横躺的人体，就是大主教的象征。

铁钉是从小教堂的大火中烧焦的木板上取下来的。铁钉隐喻遭受刺杀的大主教生命之苦。雕塑家还写了一段话表述他对这个殉身于自己信仰的大主教的理解：

> 我的身体只是一个房间，我在房里自由自在，
> 我的身体与大地一旦相融，我便无所不在。

人最重要的是信仰，必须忠于信仰。这使我想起了在

大主教的现代雕塑

一九六六年为了捍卫法门寺文物而自焚的良卿法师。那时，很少几个人敢与“文革”公然对立，文化史上更没有为文化而牺牲生命的，所以我在法门寺第一次看到良卿法师的遗像时感到无上的敬意。他那双黑黑

良卿法师

的执著的眼睛一直看到我心里，好像问我：我做的事你能做到吗？我承认我做不到。但我想：我们迟早会为良卿法师立

一尊像——就像今天坎特伯雷大教堂里的大主教贝克特。 4月2日

二 3日
格林威治

4日

人类在上古时期好像全关着门，各自过着自己的日子，
互不相识，各有活法；及至近代，一个个开门出来，发现彼 5日
此的长相、语言特别是习俗都不同，相互疑虑；以后渐渐沟 6日
通，有来有往，直到建立起共同的规则，世界就形成了。这
共同的规则中最重要的一项就是共用的标准时间。没有共同 7日
时间就无法构成世界与全球。 8日
“世界时”是从格林威治开始的。十五世纪时这里只是
航海的一个瞭望台，到了十七世纪便成了皇家天文台；十八 9日
世纪这里绘制出世界第一张航海图；直到一八八四年国际经
度会议将格林威治的经度确定为本初子午线，即世界时区的 10日
起点；再到一九二四年英国广播公司向世界播出了格林威治 11日
时间信号，全球便可以依此调准自己钟表上的时针了。这就
是格林威治对世界的贡献。 12日
尽管今天的格林威治天文台早已搬家，这里被改为一个 13日
博物馆，但我们每个人手上的表、日程与生活、生命的刻度，
都与这里相关。这里墙上有个世界标准钟，报道世界各地的 14日
标准时。馆外地上有条齐刷刷的铜线，即本初子午线，地球
在这条线上分成东西各半。下午五点钟便从墙上一个孔里射 15日
出一条很细很细的极亮的绿色激光，与地上的子午线平行， 16日

以示这条划分时间的伟大的线存在于时空中。

我和同伴站在这条子午线两边，同时牵起手来，拍张照片，表示生命的同步。

格林威治用激光表现的子午线

4 月 10 日 · 牛津

一

牛津的老房子和北京的破房子

这次在牛津使我最关注的是它墙上的石头。

牛津到处是古屋，动辄几百年。但它很幸运，这几百年里，没遇到一位“政绩狂”的市长，把破旧立新当作出政绩的“良方”，故而牛津人今天走进走出的地方，也是艾略特、雪莱、霍金、王尔德、十几位各国国王、六位英国国王、四十六位诺贝尔奖得主过去走来走去的地方。历史的辉煌依然被记忆在这些空间里。

中国的留学生指给我一个墙角说，钱锺书和杨绛曾经常常坐在那里说话；但此时那里空空，纠缠在墙上的老藤才绽出亮晶晶的新芽，一群鸟儿带着影子飞来飞去。

这便是历史空间的意味与意义。

但牛津毕竟老了，尽管牛津的老屋是石头造的，这种名为淡黄色蜂蜜石的石材极易风化，岁月太久，石头表面

牛津的墙

像干了的饼干那样粉化和“起甲”，然后一层层剥落下来，凹成了洞。因此牛津到处在搭架修缮。

我注意到这种修缮方式很特别，是将蜂蜜石研成粉末加进粘合剂抹在风化的石墙上，再在外边贴一层特制的塑料膜，干后揭掉，石头的病害便被消除。这是此地修葺古建特有的方式。我想起了大同的云冈石窟和四川的大足石窟，这两处的石头都是沙岩，风化得厉害，让人束手无措。大同石窟露天处，有的地方用手一抓就会抓一把“砂粉”下来。那么，何不来学一学？可是我对谁说呢？管事的人听听而已，管不了事的人听了也没用。北京确定了二十五

牛津大学图书馆

片民居保护区之后，一直扔在那里，没人再问。去年“两会”听说康有为故居要拆，跑去看，那个大院早成烂糟糟的大杂院，门外挂着“重点文物保护单位”的牌子，里边乱搭乱建，垃圾成堆，似乎有意放在那里等待烂掉，然后连房子一块清除。其实更大的悲哀是：我们不再要自己的历史了；我们只要口头上的“五千年”。

二
伦敦的蓝牌

记得有人质问我，中国文化五千年，东西那么多，你都想保护，保护得过来吗？我反问他一句，你说多，你说说还剩下多少？你有数吗？

其实关键不在多少，而是为什么保护，想不想保护，保护什么和怎么保护？

世界上的名城都明白，要保护那些属于自己城市的财富，即有精神和文化价值的历史遗存。比如名人故居。

这次在英国演讲时，一位在海外学习文化遗产保护的年轻人对我说，他是北京人，今年暑期回国想为中国文化做点实事，问我做什么好。

我说，你就通过调查画一张“北京名人故居分布图”吧。北京历史文化底蕴深厚，历史上各界巨匠颇多，他们的故居是城市历史的见证与记忆。前两年梁林故居拆除的风波

与中国留学生合影

中，我呼吁北京应对自己的名人故居心有底数，应画一张名人故居分布图，但至今没人响应。还是哪个要拆闹哪个，闹过一阵没人再问。

我想，一定有人问我，你是不是想把所有名人住过的地方都建成博物馆？

当然不是。世界名城都有自己的办法。巴黎的办法是在这些地方挂一个小牌，写上哪位重要的人物哪年到哪年住在这里；一些发生过重要事件的街巷口立一个牌子，写明这事件和其时间以及相关人物，这牌子名为“巴黎的故事”。这些地方照旧有人居住和使用，只是政府加意修缮罢了。

伦敦的办法是在这房子的房门左上角挂一块蓝底白字的圆形牌子，注明某位重要人物哪年在这里出生或居住，看上去十分爽目。我还专门去看一处狄更斯住过的房子，这房子现在被作为写字楼使用，但一看这牌子就叫人另有

伦敦名人故居的蓝牌

感觉——感受城市文化的深不可及。伦敦大量出名的蓝牌子中有一块是绿色的，其原因来自房子的主人。这房主是一位很特别的摄影家，他曾为首相丘吉尔拍照，很想拍出丘吉尔的性格来，就突然上去伸手将丘吉尔口中的雪茄拔下来扔掉，丘吉尔怒了，他按下快门，留下一帧丘吉尔发怒时霸气十足、个性鲜明的照片。尽管这位摄影家的历史成就还够不上一流，但伦敦人给了他一个永久的绿牌，记下他的别出心裁及其贡献。

我们城市的管理者会有这样的文化思维吗？

4 月 11 日

伦敦—巨石阵—巴斯

一

英国人的史前宝

人类几大文明都有数不尽的史前之宝。比如两河流域、埃及、中国、印度等。可是倘若一个国家只有一两件宝贝“看家”，那可就无比珍贵了！比如奥地利人那件称得上真正的丰乳肥臀的威伦道夫的维纳斯像；法国人拉斯科洞窟的壁画；英国人便是已列入世界文化遗产的索尔兹伯里的巨石阵了。

小雨中，远远面对着它。百余块巨石横卧、竖立在浩瀚的原野上；围着它慢慢走一走，心中比感受更强烈的是问号，这是原始人类之所为？我同意我的伙伴的第一感受，巨石阵更像是当代艺术。

当然，这至少是四千年的远古遗存，这些最重达五十吨的蓝砂岩都是远古人从几十公里外的山上凿取来的。经过十几代学者的种种考证与研究，对这些石头的排列、组

巨石阵

合、含义、功能，做出各样猜测，一说是祭坛，一说是天文台，一说是家族墓地，各不相同。我更赞同这是一个祭坛，它表现出人对自然的敬畏与依赖。在远古，人的能力有限，生与死都与自然密切相关，人害怕无法预测的自然的变化，也恐惧不可预知的死亡的来临，因而才不惜用多么巨大的力气来表达对主宰自然与生命的神灵的崇拜。从埃及的金字塔到玛雅的金字塔，都是一样。

可是人对自然敬畏的绝对性是值得怀疑的。在人类无力左右、支配自然时是一种样子，在人类的能力经过工业时代发展渐渐能够改变自然时又一个样子。当今人类只是在感受到被破坏的自然有害于自己时，才想到环境和生态。尽管这样，如今全球对自然的付出，仍然远远小于掠取。因为人性的本质是功利的、贪婪并无止境的；愈发达的国家表现得愈强烈。那么谁来抵抗这种人性的谬误呢？文明吗？前些天我在索姆河与诺曼底战场已强烈地感受到——文明是脆弱的！我是不是太悲观主义了？

相反，我倒对眼前远古人的巨石阵生出敬意，每一块

巨石阵的“历史环境”保护得极好

4月 2日 3日 4日 5日 6日 7日 8日 9日 10日 11日 12日 13日 14日 15日 16日

巨石至今都带着一种无上的虔诚与敬畏。在霏霏细雨里，这些兀立在旷野中怪异的巨石，黑黝黝，有的如异人，有的似怪兽，有的形同鬼魅；一群黑色的小鸟不停歇地在中间绕来绕去，仿佛陷入魔界。巨石阵——这座远古人精神的纪念碑，在物欲横流的当今世界里还被我们崇拜吗？它叫我感受到的是无限的失落与荒凉。

我对巨石阵的保护观十分欣赏。它完全依照联合国对文化遗产保护必须连同它的“历史环境”在内的要求。在目所能及的高原上，唯有森林与野草。正是这无边的森林与莽原，使巨石阵永远留在远古。

二

不提问的中国学生

余德烁教授是印度人，原在新德里大学任教，如今在以同声翻译著称于世的巴斯大学出任教授。他说他身边有不少十分出色的中国学生，聪明，脑子灵活，刻苦勤学。他谈到的几件事都涉及到当代中国学生的“集体性格”，特别引起我的兴趣。

一个是中国学生不爱提问，在课堂上提问多的总是其他国家的学生，而老师最希望学生提问题。这是因为中国人爱面子吗？

再一个是中国学生热衷答案。有一次他向学生们提出几个问题，说下次上课请学生回答。第二天，外国学生的回答一人一样，中国学生的回答却几乎完全一样，像背出来的。据说头一天晚上中国学生都做了充分准备，上网找答案，力求老师满意。

还有一个是新德里大学的学生百分之八十穿民族服装，北京大学学生的服装全部西方化，中国留学生更是这样。虽说中国没有民族服装，但为什么连一点中国服装和中国文化的元素也看不到？

他说这三个话题都是大问题。前两个话题是中国的传统教育与现行教育的问题；它的可怕是已经开始异化于人。第三个话题是中国历史与当代文化精神的问题。每个话题都应深入讨论，我要认真去想。

4 月 12 日 · 巴斯—伦敦

一

巴斯人手里的巴斯

未到西欧时便接到欣然转来的巴斯大学学术演讲的邀请，这对我可是个诱惑。诱惑不是演讲，而是一个使我心存不解的问题：英国上好的古城不少，巴斯因何成为英国唯一的整座城市成为世界文化遗产的城市？难道它比爱丁堡还好？我要看明白。

昨天在巴斯大学演讲后，我此行一连串演讲的活动已画上句号；昨晚又把紧赶慢赶而完成的中国年画申遗的电视片初步定稿，外加的活计也算了结，今天松下心来，可以在巴斯城中好好找一找我带来的问题的答案了。

应该说任何留下珍贵历史遗存的城市都是幸运的。历史是无情的，它大都会用不断的嬗变、新旧更迭以及战争将它的历史创造一批又一批地带走。巴斯原意是洗浴，巴斯以保存罗马人的洗浴遗址而著称。可是除掉罗马人的遗

新月广场

址，巴斯现在的城市风光并不算太古老，但它完整地保存着二百年前乔治亚时代的原貌，从城市规划到街区，从公共建筑到民居，从教堂到桥梁，直到街上的细节，一扭头就能看见一件古物。诸如十八世纪约翰·伍德设计的城市肌理、气势宏大的新月广场、别致的桥上小街一律没动，没有后世的任何改动与添加，是不是巴斯人太喜欢自己的过去？就这样，古巴斯一直活了二百岁，愈来愈有魅力。现今欧洲尤其中西欧的城市古建，多来自乔治亚时期——那种融合着巴洛克、洛可可和新古典主义的颇具魅力的风格。这种更古老、纯粹又完整的乔治亚风情的城市便是世上奇珍了。何况还有足够分量的罗马人的遗址。

被列入“世遗”的巴斯，没有太把它无形的旅游与商业升值太当回事。他们知道原物与原真才是他们不变的价值，想用“开发”的办法升值的结果一定是贬值。

比如他们对待罗马人遗留的古浴场的办法，是把它融入一座温泉博物馆中。

这个博物馆的构思十分巧妙——即把遗址博物馆化。一方面严格保存原貌与原物，包括考古现场、神殿遗存、桑拿与温泉遗迹、众多古罗马的建筑构件与艺术雕刻等，一方面用遗址展示、文物陈列与适当的情景再现，将两千年前罗马人的洗浴文化与历史创造逼真地呈现出来。特别是他们幸运地找到一条冒着热气的温泉，将其引入古老的水道，流进了两千多年前的露天浴池里，周围的石头回廊、窗洞、石椅，一律带着历史的斑驳、残缺与苔痕。于是，人们都知道是酷爱洗浴的罗马人最早发现的这里，一位王子还在这里神奇地治愈了麻风病——相关一些美丽的传说都成了这座城市的根。

从这里我联想到了西安正在被浅度旅游日益世俗化的华清池，感到了悲哀。

其实悲哀远不止于此。我还想到苏州古城，它也是被我们“自杀”掉的。我们仅有的几座进入“世遗”的古城古镇——丽江、平遥、宏村和西递，都只作为消费的对象而在旅游市场中瓦解着。只有间断的呼救，并没人设法制止，

罗马人的浴池

文物保护法也无能为力。何况大地上还有仅存无多的古村落正在消亡。

我忽然想起一位联合国教科文组织的驻京人士对我说：“你们不拿自己的文化当回事，别人谁也没有办法。”

二
关于简·奥斯汀

简·奥斯汀不是巴斯人，她在父亲退休后在巴斯生活了五年。关于奥斯汀我听过两种说法：一说她来到巴斯就喜欢上这个小镇，她的生活舒适悠闲，名作《傲慢与偏见》来自她个人对爱情的体验。她的唯一水彩画像出自兄弟卡桑德拉的手笔。

但是巴斯的奥斯汀博物馆的解说员却说，简·奥斯汀并不喜欢当时巴斯奢华和物欲的上流社会；这有点像莫扎

奥斯汀写作的桌子

奥斯汀小书的封面

特不喜欢自己度过了童年生活并才华崭露的家乡——萨尔茨堡。简·奥斯汀的生活甚至比较拮据，她曾得到姐姐的帮助。姐姐的感情丰富又敏感，她本人则较理性；她小说女主人公的情感与天性来自姐姐，理性缘于她本人。当时甚至有人认为她的小说并非她写的，而是一位男性作家写的。她的小说《傲慢与偏见》也不是在巴斯写的，她一八〇〇年到巴斯，而《傲慢与偏见》早在一七九七年即已完稿。她在巴斯所写的小说是《诺桑觉寺》。

尽管说法不同，但奥斯汀确实以她细致生动的笔触，通过小说——当然不一定是《傲慢与偏见》——留下了巴斯生活的血肉。城市以建筑证实历史，小说用人物与场景呈现历史。比如巴尔扎克的巴黎、狄更斯的伦敦、老舍的北京、陆文夫的苏州等。记录生活和再现历史是小说的功能与价值之一，这种小说多用现实主义手法，但是当今现代主义占据了文学的主流，并力斥现实主义已经过时和“过气”，我们便很少能从当代小说中看到时代特有的影像和嗅到时代生活特有的气息了。文学和艺术变得愈来愈主观、随心所欲、尽显个性和充分自我，同时走向极端。任何极端的前边都是绝境。然而拯救文学的是重返现实主义，还是另一批天才与艺术新潮的出现？在艺术史上，天才总是会在谷底冒出来。

4 月 13 日 · 伦敦

一
古玩市场在消失

文化一进入市场，就一定被市场主宰，听其支配，无法抗拒。古玩本来就是商品，在全球资本市场和旅游消费的背景下，声名赫赫、全英最大的古玩市场一定会更加火爆与兴隆吧。模模糊糊记得三十年前访英期间，一位英中文化协会的女士热心地陪我到这里来逛一逛，真是大开眼界。那时国内没有这种市场，每个城市只有一家国营的文物门市部。这里却是古玩古物的天下，挤在一起的大大小小的店铺全是狄更斯的“老古玩店”，而且全都无奇不有、深不可测。

伦敦的古玩市场只在每周六开，今天天气又是难得的晴好，跳下车便兴冲冲纵入这跨越一二两区的庞大市场里。谁料一个多小时过去，竟然大失所望，就像逛天津沈阳道、北京潘家园、太原的南宫和成都的送仙桥，除去没有多少

伦敦古玩市场上地道的英国老东西已经不多了

文化价值的昔时旧货，就是大量工艺品和仿制的古玩。难道伦敦古玩市场也被淘宝者淘光了吗？我见到一位在此开店多年的老者，专经营老地图，无数具有珍贵价值的地图经从他手。他说："如今亚洲老地图都被中国人日本人淘走了，欧洲老地图全叫东欧人弄到各国的旅游景点去了，好东西愈来愈少。伦敦的古玩市场自一九五〇年开创以来，一直十分显赫，如今已风光不再，古玩市场成了跳蚤市场。”他面露无奈，含着悲哀。

唯一使我感兴趣的是一个摊位摆着一些中国的民间文物。比如一块壁画，描绘一个尖头鹰爪的怪人，手执小锤，敲打身周一圈小鼓。我知道，这是雷公，而且明显是来自河北、山西一带小庙里的壁画，显然是国内盗卖出来的。再有是几幅湖南瑶族举行“盘王祭”时使用的《盘王图》。这种奇特的瑶族祭祀画在国内已经绝迹，它在九十年代大量流失海外，我曾致力寻找，并把对它的研究写在《湖湘五事》一文中。当我听说摊主是一位退休的大学美术教师，他家中还有不少《盘王图》的收藏，这令我兴奋非常，于是约好明天去他家看。如果幸运，没准能在异国找到那些美丽、神奇却失踪了的盘王呢。

二

《民间中国》

托笔谈起他策划的一部关于非洲的画册类的图书时，脸上的表情颇有成就感。那部又厚又重的书从非洲人“由生到死”入手，通过大量风俗画面表现了非洲人的宇宙观、生命观和独特的人性，这书确实不错，曾使很多人读懂了非洲，也使他得到成功的欢愉。他说他一直想做一本关于中国的书，并问我怎么看，有没有必要。

4月 2日 3日 4日 5日 6日 7日 8日 9日 10日 11日 12日 13日 14日 15日 16日

正中为托笔，右为我；其余几位皆为欧美出版界的“巨头”

我说必要。现在西方人眼里的这类图书有两种。一是我们出版的，多是说中国怎么怎么好，你们认为是宣传；一是你们出版的，常常不免误解与偏见。

我接着说，西方对中国一直有误解，好像从来没有离开过误解。不同时期有不同误解。我把这个“误解史”分为四个时期：一是一八四〇年以前，那时认为中国是一幅画，很美，古老、神秘、宁静、遥远；看看那时期西方人画的“远东”的中国就知道。二是一八四〇年后，认为中国有病，中国人有劣根性，那时在西方特别流行一种描绘中国奇风异俗与各种酷刑的画。三是“文革”时，西方人不明白中国怎么会有这种事。四是当下，不明白中国怎么变得这么有钱。一直不明白，误解。误解是有繁殖力的，它还可以再生误解和加深误解。

托笔说，你认为怎样一本书可以超出误解，甚至可以纠正误解？

我说，准确客观表现中国人。弄明白了中国人就明白了中国。

托笔说，怎么表现中国人，像我这部关于非洲的书吗？

我说，是，是民间的中国，最本色的、生活的和历史的中国人。但不是“从生到死”，而是“一年到头”。因为中国的历史一直在农耕里，中国人的集体性格是在农耕中形成的。农耕生活一年一轮，一轮轮地重复；一年的从头到尾就是“一年到头”。如果将中国人从正月初一到腊月三十，怎么生活，怎么衣食住行、婚丧嫁娶、待人接物、集体心理、神灵崇拜、礼仪风俗，有图有文和真切生动地表达出来，就明白中国人了。不仅由此明白中国的过去，连明天的中国发生什么也会认为理所当然。

托笔笑了，他说我正是要出这样一部书。

我说这部大型图文书应叫做《民间中国》。

三

欧洲版画基金会

欧洲版画基金会是私募性质的，与我的民间文化基金会同一性质。我曾约请该会会长冯德保参加我学院举办的“中国木版年画研讨会”。我这次到伦敦必须对欧洲版画基金会礼节性地回访，顺便也看看他们的收藏。据说他们所藏中国古版年画和现代版画都相当可观。

这家基金会有点神秘感，它隐藏在伦敦西南部的一座居民楼内的底层，据称是为了防盗。自成立十年来，收藏了不少的古代年画和大量当代版画，全部来自中国。基金会总共只有内外两个房间，办公、收藏、研究三位一体，全在里边。我看了其中一些古版年画，杨柳青、桃花坞、滩头、绛州、平度、无锡全都有，其中杨柳青的《正月初二接财神》和武强五十年代的新年画比较少见，最有价值的是四幅姑苏版桃花坞年画，应为清代中期（乾嘉）印绘，但算不上姑苏版年画的上品。

看得出，欧洲版画基金会是个很小的民间组织，钱少，靠募捐；人少，都是志同道合的人。我曾经联系甚多的“国际民间艺术组织”也是这样，负责人（也是秘书长）法格尔，对各国民间歌舞的交流极为热心，总部在奥地利的巴登附近，连他只有三个人。为了这个组织能够“活下去”，他多次变卖家产，天天奔波于各国之间的民间文化交流活动，

欧洲版画基金会

直把这组织干成联合国“教科文”的B级组织。如今他去世了，那个组织也不知去向了。法格尔的在天之灵知道了也不会后悔，反正他把他喜欢的事干到头了。

欧洲版画基金会好像也是三个人吧。拿画给我看的法拉·安妮女士原在大英博物馆工作，念博士期间主要研究《水浒传》的插图版画。她在大英博物馆里正是负责保管斯坦因从我国新疆与敦煌弄到英国的那批文物。她说大英博物馆收藏了不少姑苏版桃花坞年画，她非常喜欢。现在她在欧洲版画基金会的工作完全出于她个人的爱好。

欧洲的很多文化基金会都是这样，他们为爱好和理想而自发工作，不管使多大力气也快乐，不管收入多么微薄仍然快乐；无功利才会兢兢业业，这常常叫人感动。由于这种民间组织的目的纯、活力大，反而会碰到支持，当然也要看运气如何。

4 月 14 日 · 伦敦

一

塔 桥

塔桥令人欣赏的是，它至少已经一百二十岁，至今仍然活着，仍是连接泰晤士河两岸最宽阔和坚实的通路，每周开启十次，同时还可以当作古董参观。它比当初设计时预计的寿命还长。机械设施的寿命设计既表现科学的预见与前瞻性，也体现了科技的能力。

只为了眼前实用的制造是非现代。

只为了眼前实用的文化是非文化和反文化。

二

流浪的《盘王图》

我到 Chch 教授家中看到了他收藏的《盘王图》，总共十六幅，还有两幅半身的盘王像及一幅手卷式的《天路

大本钟

图》。手卷很长，功能类似纳西族的《神路图》，也是在盘王祭时所用。其中十六幅《盘王图》都是规范的立轴式，土纸草杆，全部手绘。四边饰有卷云式花纹，中间神像。色彩为朱砂、墨黑和铅粉三色，画法程序化，多为传承，很少发挥。由风格看，所有画都出自一位画工之手，应是张挂在一个祭坛中的，但不完整，没有立眉瞪目的张天师。现在这十六幅中，主要的神像有：

《元始天尊》、《灵宝天尊》、《太外》、《玉皇》、《太上老君》、《四府将军》、《海幡》、《十殿阎君》、《把坛大师》、《雷公》、《全神图》、《水府》、《地府》

等，画上无榜书，《元始天尊》背面署有年款，为光绪十年（一八八四年），并注明全套为十七幅，现为十六幅，缺一幅，但这样齐全的《盘王图》当今世上已极罕见。

Chch 说他曾在巴斯大学教美术，喜欢阿拉伯、东南亚和中国具有神秘感的民间艺术。看来他待这些东西很用心，有两本英国人杰斯研究《盘王图》的专著，这也正是我想读却没有找到的书。

白金汉宫前

塔桥

幸遇瑶族《盘王图》

在他的屋里，陈列着宋代纹胎釉十二生肖俑，晋南年画版，陕西提线木偶和陶瓷以及各代铜镜等，都是近年所得，足见中国民间文化的流失之严重。但除去《盘王图》，再少有重要的民俗文物，亦可见中外市场中的民间文化已见尾声。从二十世纪八十年代至今，已近三十年，一边是古董商贩的淘宝狂，一边是民间自我清理家底换取银子，不论多厚的家底也见“底”了。这一组《盘王图》应视为天赐之宝。

当时我心中暗下决定，将这一批《盘王图》全部买回中国去。

三

画里的水声

托笔说能听见我画中的水声，令我感动。

我画水，脑袋里确有水声。水声急，运笔切；水声缓，用笔弛。他何以听到？先前看我画者，最多人说你的水在动，没人说听到水声。齐白石曾在他画的《山泉》上题四字“可惜无声”，表达他希望观者有“声音”的联想，也表明他画水时有声音的想象。一次我画《泰山百丈泉》，上题“岱水百丈，落地成雷”，意在唤起人对大瀑之声的想象，不料有人笑我说哪来的雷呢？

我在另一幅手卷《心居图》中还题了四句小诗：

山性乃人性
云语皆可听
流水情最切
谁解我心声

我知道，知我者当不会多。

与《蛋雕》合影

4 月 15 日 · 伦敦

一
皇家的教堂

在此次访英最后一天，我给自己的安排都与皇家有关。先看威斯敏斯特大教堂，后去温莎城堡，随后就直接奔往希斯罗机场登机回国。

威斯敏斯特大教堂为皇室专用。皇家的三件大事都在这里举行：婚礼、加冕和葬礼。

仪式在中间祭坛上，金装银饰，极尽华丽又古典庄重。中间只有一个小小地方空着，那是逢英王加冕时要摆放从苏格兰爱丁堡借来那块“幸运石”的地方。前些年王妃黛安娜的葬礼就在这里举行。最近撒切尔去世了，她非皇族，葬礼便定在圣保罗大教堂了。这个地方平日对外开放，所以游人不绝。

教堂里边埋葬三百人。各个时代历史要人的雕像铺天盖地，手握英国权杖的人的棺木都放在这里，中国人看上

威斯敏斯特大教堂

去会有点“阴气太重”之感。中国人认为放这样的东西“丧气”，西方人则认为这些权贵长眠在天堂里。于是一个个导游对着一队队游客滔滔不绝地讲述着此处的亡人所贯穿的数百年英国史，以及他们的“丰功伟绩”。

由于英国的历史千年未断，这里的仪式也千年不变。历史的一切都与今天息息相关。但中国历史是不断改朝换代与“开天辟地”的历史。记得日本画家平山郁夫先生与我在日本皇家美术学院交谈时说：

“中国的历史虽长，但有一个问题是，每一次改朝换代都是推翻前朝，都要否定前朝，然后开天辟地重立江山，这就会使历史总是一次次回到原点上不断重复，很少进展。”

这段话给我的印象颇深。我们的历史表面延绵不断，深层不是断裂的吗？历史上有个词儿叫做“遗老遗少”，这个词儿等同于“反动”，就是怀念前朝，不接受新朝。清初不剃发留辫要砍头，民初不剪辫也是大逆不道，在这样的历史中民族服装都很难形成，有时甚至连传统也需要寻找。可是，今天这种“历史逻辑”似乎更加变本加厉，进而进入了官场——新官不买旧官账，都要重建自己的政绩天下。

没有接续的历史就没有积淀，也很难真正进步。走出威斯敏斯特大教堂时这个问题还在我脑袋里转。

威斯敏斯特令我感兴趣的是给予两个科学家的纪念位置。一是牛顿，一是达尔文。牛顿有一尊雕像，达尔文只有镶在地面上一块黑色的墓碑。教会是唯上帝的，不信科学；两位科学家都是宗教的“敌人”。可是，由于牛顿晚年把他解释不了的问题归给上帝解答，所以教堂给他立了一尊像；可是坚持进化论的达尔文却只有光秃秃一块碑石躺在地上。由于对这两位科学家的贡献无法视而不见，这里还是给了他们一个位置。

威斯敏斯特大教堂叫我感到轻松一些的是“名人角”。人们在这里可以找到自己钟爱的人物。比如，诗人乔叟、

教堂后院

彭斯，作家狄更斯、艾略特、哈代、勃朗特姐妹和简·奥斯汀等，他们大都并不葬在这里，在这儿只是一个衣冠冢或纪念碑而已；但是让他们在这儿地处一角是受到尊重还是仅仅是个文化摆设与陪衬？比起法国的圣贤祠——只把居里夫人和雨果等民族的精神巨匠请进去，而将许多总统拒绝在外，表现出完全不同的两个世界：一是精神的，一是权力的。

二
城 堡

温莎城堡是至今依然使用的古代城堡，其实它不是城堡，而是王宫，城上的城堞最多是一种自卫或装饰。英国女王喜欢这里，常常来，每次到这里，城堡上便悬挂国旗，女王不在时挂皇室旗，与白金汉宫的规矩刚好相反。城堡平时对外开放，供人游览的基本是公共空间的部门，门票收入归皇室，与旅游部门无关。

温莎城堡

温莎城堡外表简朴得近于单调，内部则极尽奢华。依我看世上的王宫气质大不相同。法国典雅，奥地利唯美，英国高贵，故宫经典、考究又森严。皇宫总是规矩最多的地方，无论多么豪华也让人感觉拘束和不亲切。但是泰戈尔说：

鸟儿愿为一团云，
云儿愿为一只鸟。

人们进入皇宫，满目灿烂辉煌，便梦想着过皇上的日子；憋在宫中的人却幻想骑马到野外偷情；中国皇宫里的美人则把宫怨诗词写在秋天的红叶上，放在沟渠的流水里，让它随水漂出宫墙。人总想要自己没有的。人的本性是：

没有的才是最好的。

据说今天华丽至极的温莎城堡是维多利亚时代扩建成的，我算算日子，正好是鸦片战争以来中国对外赔款最多的时候，难道温莎城堡的建设费来自一百五十年前中国的“纳税人”？可是我们“纳税人”的圆明园却叫他们烧掉，想到这里我变得不舒服起来，匆匆往外走。

4月 2日 3日 4日 5日 6日 7日 8日 9日 10日 11日 12日 13日 14日 15日 16日

三

温莎大火之后

这次来温莎印象最深刻的是一九九二年城堡失火，大宴会厅惨遭焚烧，当时不少伦敦市民赶来救火，从城堡中将大量稀世文物抢救出来。大火过后清点这些物品时竟然一样不少。

温莎城堡内女王宴客的餐厅

我听罢感慨良久，说了一句：

“这就是一个国家需要的软实力。”

所以今年年初我曾写了一文《经济社会与文明社会》，现在还可以在我的新浪博客里找到。

虽然我们是值得骄傲的文明古国，但今天的中国社会太需要文明启蒙和人道启蒙了。

4 月 16 日 · 伦敦 北京机上

在西斯罗机场，当我把那箱重重的资料扔在运送行李的传送带上，感觉像把一个月背负的辛苦都扔出去了，身子如有轻功，仿佛要飘起来，骨节松了，脑袋也爽了，只想趴在什么地方像懒猫那样睡一大觉。

随后打开包，掏出 iPad 看看，见到一个月里错综的人与事，以及种种感知与发现，全都简洁又清晰地记在上边，总有几万字。如果不记下来，一半会被忘掉。文字的一半意义是帮助记忆。就这样，这一个月活得可谓实实在在。我真是个不大习惯清闲的人。

过去从未在电脑上写作，这是头一次。开始是不得已而为之，每天在外考察、参观、演讲、交谈，待晚间回到旅店已是人困马乏，只想一头倒在床上，没力气再去伏案写什么，于是抱着 iPad 上床，放平了腿，倚着床板，把白日里所见所闻所思所想用手指“划”在滑溜溜的荧屏上，这样的“写作”竟很轻松，因之有了这些雏形的笔记；可是又想，这样下去，我的写作是否真的就陷入电脑，从此不再有“手稿”了呢?

不会，待回去后，我会把记在iPad里的东西下载下来，在纸上放开手地修改。电脑太规范，我还是受不了太格式化和程序化。相信我会重返纸上写作——也是手工写作——那种随意又浪漫的感觉里。

这是我第一本思想游记，有别于我以往的任何游记。先前的游记总是受限于客观的描述，思想游记则是无拘无束，主观的、恣意的、随性的。这样一来，还可以使读者了解我平日的活法。

我欣赏傅雷先生对西方美术史家丹纳的评语：“为思想而活着。”这句话对我影响很深。

为思想而活着是人的活法之一，这种活法对我的诱惑是始终以思想为定力，将人生装满了求索。

这一个月只是我人生小小的一节。我庆幸自己做出的努力，把它记录了下来。尽管有些思考只是有感而发地冒出来的一个话题。

机舱里的灯关了，窗板也拉下来，大部分乘客都入睡，我超敏感，多长时间的飞行也难睡着。我一直在写。

我的同伴轻轻问我，你怎么还在写?

我说我是用“飞行模式”，合法写作。

我的同伴说，我希望你停一停，闭上眼享受一下安静吧。

我笑了。我停不住，因为人随着飞机在飞。十小时后，飞机停了，我接着搭乘时间向前走。

一位航空小姐过来，晦暗中她无声地微笑着，递我一杯热茶。呷一口，龙井！真香，足够了足够了，生活很美好。

书 后 语

三十年前初访伦敦回来我写了一本小书，名曰《雾里看伦敦》，其实那时伦敦已经无雾，早已告别工业革命时代生产的雾霾。我那书名的雾，是指中外之间社会与文化隔绝已久造成的相视不明。三十年来，中国社会开放，往来容易，再加上科学发达与信息畅通，彼此的迷雾渐渐廓清，尽管还有深层的误读与错解，时而如烟雾般飘过。

对我个人来说，这些年欧洲是我常去的地方，几乎每年一次，两种文化的差异不再是我关注的重点。由于欧洲多是文化古国，人类历史文明的当代遭遇，特别是在全球资本与市场化中的遭遇才是我注目之处。欧洲先发现代化，问题先于我们，文明的自觉也早于我们，使我用心观察与研究。我承认近十多年我的思想与行动不少缘自欧洲的启示。这也是本书采用一种新的“思想游记”写法的缘故。

物质化的时代，精神的探讨处于弱势，但是不能失语，这便是本书写作的动力。忠于思想的人是不怕寂寞的。但愿这种努力发出的声音能被人听到，并进入社会的思考。

二〇一三年五月十日凌晨二稿

二〇一三年六月八日五稿